U0133072

常乐未央

惊鸿 著

时代文艺出版社

序

那天，我们几个朋友在一个叫嘉里莱的酒吧喝酒，应该是四个人，两男两女，两男都爱着两女，两女也爱着两男，但他们只能被称为搅家或是隐家。成都话的搅家是指两人有情侣关系；隐家是我发明的，隐家虽然爱着对方，但知道对方不能与自己在一起，便将爱隐藏在心中，不能有任何实质性的发展。对面坐着的那个男的和他的搅家很配，男的够帅，女的够靓。两人很亲密的偎着，我和我的隐家坐在他们对面。男的很自豪地对我说，你是靠写字为生的，我女朋友也爱写些句子，她曾送给我四个字——"常乐未央"，人家都说我女朋友不简单。

"常乐未央"，我没有吱声，我不敢吱声，怕说出后半句会破坏当时那个看似温馨的聚会。隐家告诉我，所谓的女朋友其实已是这个男人的前任了，是在酒吧跑场子唱歌的。男人的现任女朋友是市政府某局长的侄女，明年就会结婚，但他又舍不得前任女友，于是两人又搅在了一起，但结果肯定还是会分开。酒吧响起了动感的舞曲，这对般配的俊男美女开始热舞，看着他们默契的身姿，我一时无言，常乐未央，谁不想啊？但世事岂能尽如人意，比如坐在我身边的隐家，我需要他的鼓励，我心中其实一直非常在乎他，但我们有着完全不同的生活背景和看得见的未来，我们之间没有任何将来可言。我只有将爱意隐藏在心中。

我是成都的一个靠写字为生的女子，我身边有太多太多的爱情故事，太多太多的香艳传闻。写这个故事并不是毫无创意的借成都来炒作，而是因为我生长在这个城市，感受着这个城市，所以想借它来写了些东西。成都，如所有的城市一样，有其多面性，这个虚构的故事其实在每一个城市都有可能发生。不论是常乐未央还是只争朝夕，都是年轻的爱情。

看着这对般配的搅家，想着这两人一个是只争朝夕，一个是天长地久，便想写一些身边的爱情故事。爱情的发生是需要条件的，所以我的这些爱情又掺进了豪门争斗。一边想一边写，就成了现在这部都市爱情味道的小说。

　　分为上下两部的"常乐未央"分别以两个在情感世界中互为"情敌"的女人的口吻在讲述故事，从头至尾的悲剧，一个红颜早逝，一个怅然若失。写完这小说，我竟然难以抽身，在家闷了一个月才重新出门工作。所以，爱哭的人，爱过、痛过的人，别看，我怕挨骂。

惊鸿　2005 年 4 月

常乐未央　千秋万世
男欢女爱　只争朝夕

常乐未央　　　　　　第一部

changleweiyang

本书故事
纯属虚构
如有雷同
纯属巧合

1

五厘米的距离，一世的心动
一丈之处，你可做我的夫
五厘米的初识，你是我一世的心动
五厘米的对视，你带来了内心最深处的悸动
五厘米的距离，是一世的魂牵梦绕
哦，我的爱在五厘米处绽放，那是怎样的心动
哦，你的眼在五厘米处暗示，那是怎样的勾魂
一米之处，你可做我的夫
五厘米的一眼，你把你刻在了我的记忆处
五厘米的呼吸，我如兰的吐气被你点滴吸走
五厘米的距离，是永生的不离不弃
哦，我的爱在五厘米处绽放，那是怎样的心动
哦，你的眼在五厘米处暗示，那是怎样的勾魂

2004 年 8 月，温江一个度假村别墅的一楼房间内，"陈姐，他们喊你打牌。"小眼睛的花样美男李凌琛一边说着一边拉我。"不打，我要休息。"我推开他，然后又是狠狠地在他手臂上一咬。

"不行，现在还早，打一圈再回成都。"借着酒劲，他不依不饶地要拖我走。

抓狂中，他把我推倒在我床上，我们的脸在 5 厘米的距离内对

视着……

勾魂摄魄的小眼睛让我心跳不已。

我本能将双手放在胸前，浅浅地喘着气。

我一下子没了语言，一墙之隔的客厅里就是几个公司老总，其实我没有任何担心的理由。

"回成都，约我哈！"在我们两个足足愣了一分钟后，他先开口了，随后在我脸上轻轻亲了一下。

"不行，你有老婆，虽然没结婚，但是住在一起。"我一下子反应过来。

"哪存在呢。"这小子，脸皮还真厚。

说完，他在我的屁股上抓了一把，随后，非常霸道地拉起我上楼看他们打牌。

我本来在另外一桌打麻将，但想起刚才那轻轻的一吻，鬼使神差地，来到了他的身边。

他斗地主，我晕乎乎地坐在了他边上，桌下，我悄悄地将脚与他的脚靠在了一起。桌子上，我们两人还是那样神态自若，可双脚已经开始缠绵……

他叫李凌琛，不能称之为帅哥，准确的说法应该是一个有着勾魂小眼睛的花样美男。但我一看他就莫名地有一阵好感。在温江的那个度假村，公司邀请了一帮客户说是开一个秋季新品推介会，其实就是勾兑各个客户单位主管进货渠道的负责人，大家一起吃吃饭，打打牌，唱唱歌，明年的订单就有了。我们公司是一家科技贸易公司，其实就是老板在全国各地搜罗一系列的电话、电脑、U盘等品牌的独家代理，然后再通过自己的关系网找几家有实力的单位或公司签下长年单子，这样子就可以耍起挣钱了。而我呢，仗着从小在街边长大的嘴皮子、还算过得去的长相和一张川大的法学硕士文凭荣登销售部经理宝座，其实也就是指挥一帮漂亮养眼的 MM 小伙子到处勾兑而已，是个看起来好耍，实则费神的累心差使。

在那天的座谈会上，李凌琛一直懒心无肠地坐在一边，吃完饭打牌的时候他也独自坐在别墅的一楼看电视、吃零食，嫩嫩的样子让我怀疑他是不是客户中间的一个司机或是小职员。我们这家还算高级公司的客户可都是些房管局、房地产开发公司之类在市里叫得上名号的单位。在那一帮子掌握着我们单位一年"粮食"的大爷们面前，我作为销售经理，笑脸已经赔得脸部肌肉都有些僵硬了。趁着三分酒劲，我绕到沙发后面，捏李凌琛的耳朵，我想既然是个不起眼的角色，我大可以装疯卖傻地整一下他。遭到他的反击后，我还是要使劲整他，将他的手臂掐得青一块紫一块的。我就是想出气，他妈的有钱的大爷公司，我整不了你们大爷，整一下小弟也算过点干瘾吧。他一脸坏笑地看着我，一边抚摸着手臂一边说，"陈姐，你那样子要不得哦，我回去给老婆咋个交差嘛。"

"你顶多不过二十四五岁，啥子老婆不老婆的嘛，麻鬼嗦。"看着自己的杰作，我也一脸的坏笑。他的样子细看还挺有棱角，特别是那双小眼睛，有些勾魂的魅力，让人忍不住有些心动，地道的小眼睛迷死人。捉弄了他大概二十来分钟，直到老板命令我打业务牌我才想起自己是来做正事的。

相安无事地过了一晚，第二天告别午餐，销售部的美女帅哥开始和桌子上的客户拼起了酒劲。这种酒喝起来很烦，纯粹是为了应酬，与酒吧里喝酒放松是两码子事。李凌琛就坐在我边上，我一连拒绝了几个人喝酒，我是销售部的老大，又是美女，当然可以找很多机会耍赖，实在不行，还有手下帮我撑着。

"陈姐，我敬你，你应该喝哈。"李凌琛端起了酒杯，是满满一大杯白酒，那种大大的玻璃酒杯，至少有三两，他一边说一边给我倒了同样多的酒。

看着他那勾魂摄魄的小眼睛，我眉头一皱，"要喝可以，但我要跟你喝交杯酒。"我出起了馊主意。

"这个我要留到那个时候（指举行婚礼），换一下要得不，陈姐。"李凌琛有些为难。

"不行，要不然我就不喝。"我的语气有些霸道。

犹豫了几秒钟，我们俩最终喝了交杯酒，当时我只是想着开玩笑，捉弄他一下，没想到这交杯酒还真不能随便喝……

由于回成都的几辆车子需要加油，在临走之前，醉醺醺的我回到别墅一楼的房间休息。公司的几个老总醉得太厉害了，一进别墅就倒在了沙发上。我也倒在了客厅旁的房间里，没想到那个李凌琛也大着胆子混了进来，成了这一年多来第一个在离我5厘米处的男人……

我是一个在成都算得上高收入的女子，但我不愿人家说我啥子白领或是小资。那是写小说写杂文换稿费的那些无病呻吟的群体整的，其实私底下不晓得收了那些洋品牌多少红包。那个叫啥子新潮的烂周刊，发布一些自命新潮的服装、化妆品，内行一看就知道是品牌给的广告费提供的东东。新潮是骨子里的东西，不是几个拿一两千元的伪小资能够带领的。的确，哈根达斯是不错，但是麦当劳两块钱一个的脆皮甜筒也不见得孬得了哪儿去。我一个月大概拿得到七八千元，但还是愿意去吃串串，要去吃钵钵鸡，管球他的，啥子高雅的外表，下班以后我想咋个整就咋个整，白天挣钱已经够累的了，再以后何必要装呢。每次在"中华园"的嘉里莱喝芝华士下萝卜干这种绝配，总是在想，大概只有成都人才会在酒吧里整的出来。

我不相信爱情，因为曾经被爱情伤得支离破碎，东拣西拾的才把自己收拾好，但爱情这个东西说来就来，挡都莫法挡。我经常和闺中密友石兰摆"龙门阵"，不相信爱情，但爱情要是再一次来呢？上、还是不上？这是个问题。但有些东西，自己确实没有办法控制，稀里糊涂地就钻进去了。这一次，仅仅一次客户招待会，我就莫名其妙地又爱上了。

回成都后，酒已经醒了大半，想起了那个小眼睛的花样美男，我觉得有些不可思议，酒后失态，唉，以后还是少沾点酒吧。

但是，莫名地还是想给他打个电话。我给了他我的名片，他说他没名片，他在我的电话本上留了电话。我打过两次，但很快就挂了。我不敢打，因为那只是酒后失态而已，我不能跟一个有同居女友的小帅哥搅在一起，那样子对我没有什么好处的。

但是，还是莫名地有些想他，每当手机响起时，总有一阵莫名地激动，希望是他打来的。

"陈姐，我是李凌琛，我在你单位楼下，下班没有·，我请你喝酒。"

回成都后的第三天，电话响了，是他，仅仅一个电话，我就激动莫名，原来这几天我一直在想他。他咋个晓得我在加班，而且算到我要加到八点左右？太奇怪了，难道人与人之间真的有缘分可言？

下楼后，我对停在单位门口的几个拓拓车和小福打量了半天，都没有他的影子。

"过来噻，511，没看到嗦。"他给四处张望的我打了个电话，511是一辆"Mazda 6"，这个叫李凌琛的小弟到底是啥子来头。我满腹狐疑地上了车。

"你以为我开拓拓来接你？"他的口气中满是张狂和自信。

凭我的经验，这小子背后一定有故事。车肯定是他的车，车上的摆饰，用品，一看就是他的东西，虽然我没车，但我经常坐车，这点判断能力还是有的。这个李凌琛到底啥子来头，难道我这个销售部经理还有看走眼的时候？

2

如扑火的飞蛾
爱情来时
明知有毒，明知会痛
还是因为一个吻
抑或一个眼神而情不自禁

不知为什么，坐上车后，我一阵脸红心跳。车上只有我们两个，刚下班的我没有喝酒。我不知道该说些什么，我的手和脚都不知道往何处放才合适。两双手紧紧抓着提包，眼睛假意望着远处。那天对他的捉弄，往好处想，是酒后失态，往坏处想则是女人不够自重，调戏他。"陈姐，我们去中华园的嘉里莱吧，我不喜欢 MIX 和空瓶子，嘉里莱要清静一些。"他主动打破了僵局。我机械地点点头，心想，两个人隔得如此近，气氛太过尴尬，进了酒吧就好了。

从我公司所在一环路科技一条街附近，我们很快就拐到了中华园。车刚停稳，我就飞快地跳了下去，想尽快结束那尴尬的气氛。"你那么想喝酒嗦，走那么快"，他轻轻地扶住差点在上台阶时踩空的我，就如我们是多年的恋人一般。

都说一吻定情，但我们那酒后的一吻算得上定情吗？

酒吧里，红男绿女早已把大厅坐满，我们坐在了离大厅不远的玻璃墙后边。外面的音乐轻柔地传过来，我们坐在情侣座上亲密地摆着龙门阵。

"老婆出去散心去了，我也来散一下心。"

"再喊点人嘛，两个人没得啥子耍的。"我答非所问。

"摆点其他的事情嘛。"那双勾魂的小眼睛继续望着我，我只得低头不语。

他给我点了杯鸡尾酒，给自己点了瓶宝莱纳啤酒。

"今天少喝点哈，喝多了不好。"他的话语半是暗示半是关怀。

"那天喝醉了，我做了些啥子呢？"我望着他，虽然那天那一吻已经在心里想了千百遍，但还是忍不住故意装傻。

"嘿嘿，你想一下呢。"

"你娃头儿欺负我。"我一边说着一边伸出手想掐他一把，但手地被他紧紧握住了。

我故意挣脱了一下，却舍不得放手，虽然他一开始就说他是因为老婆出去散心才来找我的……

这个叫李凌琛的男人真的很对我口味，嘉里莱酒吧的萝卜干很好吃，虽然酒吧里的节目一般，酒也与别处无甚区别，但这里够清静，不会让人家怀疑我的品位，这种到市井不市井的感觉也让我喜欢。

我们两个这次没有装疯，但确实很摆得拢，我们在酒吧里就那样拉着手一摆就是好几个小时，从晚上9点一直摆到凌晨1点。好久没有这样舒服过了，我们没有摆各自的工作，乱七八糟的，就从萝卜干说起，说到小学校门口三分钱一小汤匙的小米虾，八十年代流行的D胶运动鞋，摆了个昏天黑地，等到睡意袭来，我才发觉，酒吧已经快要打烊了。我发觉自己已经跟他有了很亲切的感觉，对，他是牵着我的手走出酒吧的。

我想起与石兰聊天的经典对话，爱情来了，上不上？没理由的，我就把手给了他，忘了应有的矜持。快回家时，他吻了我，那是一种霸道的法式热吻，我没有拒绝的余地，吻到我快要窒息，快要融化时，他轻轻移开他的唇，把车开到了我家附近的菜市。

空旷的菜市里没了人烟，他继续吻着我，我只有机械地回应，双手没有任何作用地在胸前挡了一阵，最终被他一一攻下，喜欢他的味道，喜欢他的抚摸，但我还得紧紧守住那最后一道防线。

两个人就这样欲拒还迎的缠绵了半天，他慢慢地扣好我的胸衣，扶起我，送我到小区门口。

"我会克制自己，我不想失去你这个朋友，你放心。"他轻轻地说着，然后又是一阵热吻。

然后他一直把车停在门口，目送我进入小区大门才离开。我知道，我已经中邪了，没有办法，其实他一直在说他的可爱的同居老婆，但面对眼前这一个花样美男，当然，更重要的是与我谈得来的一个男子，我还是控制不住自己，稀里糊涂地上了贼船。第二天，我这个看似轻闲的销售部经理又要开始制定销售计划，做一系列的乱七八糟的报表，把每一个客户的主要人员变迁和是否升职等一系列结果一一安排下去。工作忙时，我还是比较专心的，我想，川大留给我的，不单是浪漫的快活林，还有那些派得上用场的知识。大学时，我的哲学刚及格，记得最清楚的话就是"人与动物的本质区别是人是社会性的，而动物不是"。

虽然不记得这句话出自哪章哪节，但我却一直将它衍生到我工作和学习中的每一个细节中。人是社会性的，人是社会的一员，那么我就要想办法利用自己的优势，融入社会中适合自己的生活圈子，要不然，我就会被社会所抛弃，成了街边的"神仙"（我指的是那种疯癫的乞丐）。

但现在，因为那个叫李凌琛的小子的出现，我的生活规律将被彻底打乱，我将进入一个我根本不愿进入的烂圈子，那是个被成都话称作巴适的阶层，但是我不愿意，我的社会性将被彻底整乱，犹如成都酒吧流行的芝华士兑绿茶，有一种怪异的甜蜜。喝进胃里，让人有一种被欺骗的感觉。

李凌琛的事情我是下午才知道的，我从内心希望他是一个小职员或是司机什么的，总之，不能让我知道他的家庭有什么背景，我害怕这一点。我从小在府南河边上长大，没事时在老南门大桥旁的茶铺里听茶客摆龙门阵；在如今的彩虹桥，以前的倒桑树街吊桥底下逮泥鳅；河边靠近武侯祠的小巷子里头就是我的家。父亲年轻时是武侯祠一带的混混，混来混去，不愿进工厂当工人的父亲胡乱倒腾些小生意，结果还把我给拉扯大了，老妈呢，自然是没有工作的，跟着父亲耍噻。后来，父亲在双楠买了房子，我们这一家子混混，过上了在成都算得上中产阶层的生活。继承了父亲的混世因子，我也是抱着混一天算一天的愿望生活，但求平安就好，收入嘛，每月五六千元就足够了。所以，过上有吃有穿，有芝华士下萝卜干的生活，就满足了。我的感情生活一直就乱七八糟的，混世精神在感情上最容易出问题，不晓得听哪个哲人还是凡人说过。

现在，我这个混混开始惹麻烦了，因为李凌琛，因为混世精神带来的混世爱情，爱情来了，是火都要上的混世精神。忙了一上午，吃了五块钱的外卖盒饭，我跑到离公司二十米远距离的宾诺科华店喝咖啡。宾诺的咖啡是美式的，满满的一大杯，我喜欢摩卡，上面有着厚厚的奶油，看着都让人满足。这是成都秋天难得的好天气，眯着眼睛看着窗外的阳光，我想起了李凌琛奶油式的法国热吻，有一种皇帝式的野蛮，到了家门口，停车，正准备对那个家伙说再见，他望着我，没有缘由，没有准备的，像抓一只兔子般拉过我就是一阵让人窒息的吻。那个家伙到底啥来头？我拿起电话，拨通了百瑞集团行政部张经理的电话，我拿起小木棍，舔着摩卡上面的奶油，努力回忆了半天，想起那天在温江开会，李凌琛好像是和那个张经理一起来的。

"张大哥，在吃饭还是晒太阳？"我用非常职业化的嗲声说道，这种声音在职场上要拿捏到恰到好处，不像发廊妹那样肉麻，也不能看出来是伪装的，更不要让人觉得有一种为了做生意赚钱而做出来的嗲。为这种看似简单的嗲声，我在研究生毕业之前可是进行了一个月的苦练，这就是女人和女人的不同，在小处用心的女人才会有大胜算，我一直这么认为。比如我吃五块钱的盒饭，那是在公司办公室，没有人会说我掉价，但我喝咖啡就不能到德克士或是华兴街的摇摇屋去喝几元钱一杯的速溶咖啡，那样太掉价了，与吃不吃串串又是两个不同的概念，在小巷巷头吃串串，那是一种童心未泯的浪漫，何况，这里还是成都。

"唉呀，美女，咋个今天想起给我打电话了呢？"嗲声有了效果，电话那头的张经理一阵激动。这个四十多岁的老男人，每年仅U盘就要从我手里吃掉上万元的回扣，真他妈的黑，我在心里暗骂道。我继续利用自身的优势，在电话里头与他东拉西扯，聊天气，聊咖啡，夸他长得帅，夸他四十多岁看起来只有三十多岁，然后又从他优异的牌技扯到温江的那个度假村，扯到和他一起来的小眼睛花样美男，我故意没有提李凌琛的名字，我不能让这狡猾的老男人嗅出点什么，我只是说那天那个小伙子看起来还挺老实的，牌都不去打，只晓得坐在一楼看电视。是的，聪明的女人要学会装傻。

"哦，他嗦，美女，你千万不要喊他小弟娃儿。那是我们家琛少，是我们百瑞集团第三把手的独子，董事长李旭然是他的三爸。

那天他正好没事做，听说你们公司美女多，尤其是你陈玲，美貌又智慧，我们公司中层以上那可谓无人不晓啊。他就是冲着你来开会的，还特意叮嘱我不要说出他的身份，所以我一直没说。"又继续和张经理扯了半天，我大概了解到，李凌琛虽然贵为琛少，出身豪门，但并没有在那个家族式的百瑞集团的下属企业上班，而是自己到公安局派出所作了个普通刑警，有一个家庭背景异常普通，异常单纯的同居女友。放了电话，我已经没有心情接着再喝摩卡了，毫无疑问，这个琛少肯定是个花花公子，而且是个超级花花。自己闯荡江湖多年练就的金刚不坏之身就被这个他妈的花花琛少给搅乱了，惨了，我要么拒绝李凌琛，要么继续跟他不明不白地搅下去，如果拒绝，我还可以继续我的生活；如果按照李凌琛设的局搅下去，那我明白，将要进入的是不愿进入的豪门争斗，这个在我眼里需要花很多心机、需要不断伪装的烂圈子。爱情来了，上不上？

英雄，美人
情关难过
有英雄似的人物在生意场上
美人永远是不过时的厉害武器
酒吧妹搞定的六十万大单

　　说起来，张家辉、李凌琛，还有李家的百瑞集团其实跟我还是扯得上一定的关系的，我的工作也是百瑞集团那张一年六十万的办公定单才能定下来的。销售部经理是个肥差，我这个没有任何背景的混混靠费尽心机搞定百瑞集团才把工作定下来。本来我以为，那个单子完了之后，我与百瑞集团就只限于单纯的业务关系了，但现在，冒出了李凌琛，因为那个许多公司都没法搞定的单子，他留意上了我，难道，冥冥之中，真的有天意安排？我又想起了那个酒吧妹搞定的六十万大单，想起了我设的局：

一个月的试用期

百瑞集团是成都颇具历史，颇具名气的上市公司，主要经营矿产和电子原件，一直稳扎稳打，典型的"富贵稳中求"怪招，（我最喜欢的经营类型），是李凌琛父亲三兄弟一手打造出来的。他的三爸是大股东，占有百分之六十的股份，他的父母和二爸各占有一部分，并分任集团下属两个大型企业的总经理。但就这一小部分，也够李凌琛及未来的小李凌琛、小小李凌琛、小小小李凌琛……吃很多年了。

百瑞集团办公用品的单子一年大概有六十万左右，由于是家庭式企业，集团的办公用品是由集团总部那个张家辉，就是与那个香港明星张家辉名字一模一样的老男人经营的。李凌琛的三爸很聪明，把那些办公用品分成几大类，与国内几个品牌驻成都办事处分别签的合同，张家辉那个老男人想吃回扣都难。

当初我研究生毕业后，正好碰到现在的老板吴建平招聘销售部经理，我去应聘，街头混混与法学硕士融合在一起的特殊气质让老板很是欣赏。我很满意自己的造型，亦正亦邪，亦雅亦俗，我的气质看起来书卷气很浓，但我的谈话却可以很俗，遇到讨厌的事情，在条件允许的情况下，我可以用地道的成都话毫不脸红地说："我日。"但面对官场上的客户，我却可以大谈哲学、时政、三国，而且一脸认真。这个公司的高薪不是那样好吃的，老板只给我一个月试用期，"陈玲，你是个地道的成都人，你一定知道百瑞集团，那是家族企业，我的关系搞不定。这个月，如果你能搞定百瑞集团，那么销售部经理就是你的了。基本工资四千元，通讯费、午餐费一千，另外两千浮动。销售部的任务一般都完得成，所以你转正后一个月可以拿七千元左右。"我没有立即回答，努力抑制自己激动的心跳，七千大洋，在成都可算是高收入了，我的高中同学电子科技大学通信技术专业研究生毕业后在上海迪比特公司一个月才只能拿一万元左右，虽然看来比我高，但累啊，而且消费比成都高得多了。满足了，为了那七千元，就算那百瑞集团是一块顽石，我也要把它硬啃下来。

"没问题，吴总你放心，我相信我能行，一定能。"我套用那句在网上已经用得稀烂的广告词对吴建平说到。

寻找突破口

说起来简单，做起来简直太难了，作为一个响当当的上市公司，李凌琛的三爸李旭然，百瑞集团的董事长，可不是一个吃素的家伙。我将我们这个串串公司说成了一个实力雄厚的品牌代理公司，将售后服务、品牌拥有实力在项目合作意向书里吹了个天花乱坠，吹得自己头皮都有些发麻。但拿着意向书走进高新区百瑞集团那幢灰蓝的办公大楼，我才发觉太难了。那是去年的事情了，流火的七月，我在"棕北"淘了一件微透的印花系带短袖衫，别看纯棉的，可是用了400块RMB买的呢，很合身；裙子是"桐梓林中华园"旁搜刮的洋货，打折还花了200多块，色系相同。圆头的韩式皮鞋是在华兴街上那家叫足缘的小店淘的。跑销售的女人衣服不在于多，而在于优良的质地和独一的款式，我对这身装扮很满意，它们掩盖了我身高差一厘米一米六的不足，看起来很淑女，又透着一丝魅惑。就是那丝魅惑让我满足，魅惑不能多了，一丁点就够了，让人欲罢而不能。保安对我彬彬有礼，但进入总部，我的待遇就没那么优越了。先是前台小姐故意找电话，让我穿着5寸高跟鞋站了二十多分钟；接着是张家辉那老家伙行政部里的几个三十多岁的老女人又说张家辉在开会，让我在办公室隔壁的会客室又等了半个小时，等我把意向书交给张家辉时，我已经等了近一个小时。我努力喝着无味的白开水，克制自己的混混脾气冒出来骂人，不断地提醒自己是法学硕士，是销售部经理，是个淑女。

张家辉是个略微秃顶的典型成都老男人，有点小奶油肚子，穿着一件普通的 JackJone T 恤衫，不愠不火地样子看着很家常。对，就是那种家常型的男人。

他一边打量着我，一边用惯用的腔调打发着我。

"陈经理啊，你制作的意向书不错，真的不错。但是，你别看这个集团很大，也别看我是一个行政部经理，我们所有的采购计划都要我作好报表后交由董事长签字才能下单，而且在七月份谈更换办公用品的采购计划，也未免不太现实。"

"嗯，就是，我也明白现在交意向书太早了。但是张经理，我们公司有自身的优势，几个品种统一采购，一是省去运输费用，二来是维修起来也很方便，打电话的时间对于张经理这种忙人来说，省下来也是一个可观的数目。"

我也不愠不火地绕着圈子。我想，能让这个老男人收下我的意向书就是一个初步的胜利。在我的腮帮子都被那个练就的微笑整酸的时候，张家辉终于答应先试试看，答应把我的意向书转交给李旭然董事长亲阅。

　　来不及回家换衣服，从百瑞集团出来后，初步胜利的我在双楠狠吃了二十多串钵钵鸡，让周围的人看得眼睛瞪得溜圆。生意场上的事情，谁都难以说清，我等了一个星期，张家辉那里一点消息都没有，吴建平老总的脸色也不是那么好看了，时不时阴阳怪气地问我："小陈啊，百瑞集团的那个单子进展如何了？"

　　好像我是在向他讨饭吃一样。"还在谈，吴总你放心，谈不下来我立马辞职。"虽然心里头鬼火直冒，我还是笑着，软软地回答着。

　　"张经理啊，李董看那个意向书没有，我又挨骂了，我们这些才毕业的学生找个工作简直太难了。"吴建平一走，我就给张家辉打了电话，声音非常细软却非常有穿透力，如穿石的滴水。

　　"哦，陈小姐啊，意向书我已经交给李董事长了，李董事长忙啊，抽不出时间啊。"他在电话那端打着哈哈。我一边低声下气地嗯嗯应着，一边想着怎么从张家辉那里找到一个突破口，据我的私下打探，张家辉是李旭然几兄弟以前在马王庙街一带当小混混时便熟识的，与李旭然一家私交较深，但因为学历见识有限，只能当一个行政部经理的闲差，把他这关过了，李旭然那儿才有机会。"哦，这个样子嘛，张经理，电话里反正也扯不清楚，不如我晚上请你吃饭，我们边吃边摆。"我想利用自己尚且年轻美丽的优势把他约出来，勾兑一下。其实当时我刚毕业，真得还算得上单纯，虽然从小在街边混大，晓得生意场上的规则，但心里头还是极不舒服的，谁愿意跟钱过不去呢？

我在双楠武陵山珍选了个小包间，我刚毕业，收入有限，太高档的，请不起，只有请那个张家辉吃这个中档的武陵山珍了。就着热腾腾的汤锅，边吃边聊，不像西餐，吃一会就冷了，也没得啥子谈头。我们要了点啤酒，我用有限的商场经验与张家辉进行着勾兑与反勾兑。等啃完乌骨鸡、吃完牛肝菌等一大堆东西后，我们两个的称呼已经换成了张大哥与陈小妹。我从我老爸处继承的混混思想就是要充分发掘自己的优势为自己的生活找后路，所以我在毕业前一个月苦练恰到好处的嗲功。成都现在研究生一抓一大堆，我的家庭又没啥背景可言，我能利用的就是自己的气质与青春美貌。但我永远不会让自己俗嗲，俗媚，我要让自己永远处于优势而不是会让男人占便宜的劣势，那是些只会俗嗲、俗媚的笨女人才会用的下三滥招数，我是不屑为之的。我不断地称赞着张家辉的老成与稳重，掏心掏肺般喊他老大哥，既让他明白从我这里捞不到什么油水，又让他觉得如果对我好一点的话可能会有什么艳遇发生。吃完饭，张家辉轻轻拍着我的肩膀，这是他能从我这儿占到的最大限度的便宜，答应我一定对李旭然旁敲侧击，然后把李旭然的所有信息全卖给了我。

一个有三个赢家的布局

我滴水不漏的记下了李旭然的手机号码，车牌号码，出行规律，我非常清楚，要搞定大单，非李旭然莫属，但对于精明的李旭然，我除了歪招而外，走正路永远行不通。从张家辉那里，我知道，李旭然以前有一个高中同学，李对人家喜欢得不得了，但他当时根本没有任何资本搞定那个女同学。之后，李旭然眼睁睁地看着心上人嫁进了建设路八二信箱一个工人家庭。在八十年代，工人可是最吃香的。再之后，李旭然开始发奋，终于成就了可圈可点的事业，也有了漂亮的老婆，聪明的儿子。俗话说得到的永远是最好的，八二信箱宿舍所在的建设路成了李旭然心中永远的痛，他从高新区进城办事总爱从建设路绕道，但一过建设路他就觉得不舒服。李旭然是个很把稳的人，洁身自好，不沾那些在娱乐场所卖的女人，打牌也只在圈内打，这也是他的百瑞集团稳步发展的原因之一。不过不沾女色的李旭然还是难忘初恋，他也试着开过几次同学会，可那个被他暗恋的女同学似乎啥子都知道，总是不露面，没有办法的李旭然招聘身边女职员其他的都不会先看，只要有一处与那个女同学相似，他多半就会聘用。

那天与张家辉分开后，我回到家里思考了一晚上，对于与百瑞集团一样四平八稳的李旭然，我除了那个女同学，似乎没有更好的突破口。按照张家辉的提示，我很容易地找到了李旭然那个女同学的家。我拎了两袋洗衣粉，在下午6点左右，（估计那个漂亮的女同学把饭做完差不多等老公儿子回来吃饭的间隙）敲开了她的家门。

"阿姨，我是洗衣粉的促销员，送你两袋洗衣粉试用一下，看效果好不好。"如今的八二已与当年不同了，东郊的中年妇女都会贪图那两袋洗衣粉的小便宜。一切按我的计划进行，那个阿姨很热情地把我请进了屋，给我倒了杯水，让爬了5层楼的我坐下来喘口气。我一边拿出自己编的调查表让阿姨打勾勾，一边近距离地进行打量。岁月如飞刀，刀刀催人老，这话一点不假。从墙上的结婚照我可以看出，李旭然的眼光确实不差，当年的单纯女生，眉目间还真有些绝代佳人的味道，可如今穿着街头小店的廉价衬衣，还是几年前的样式；烫着街边十元的短发，毫无特色可言；眼角全是细纹，从我手中接过调查表的那双手在夏天都是那样粗糙，两袋洗衣粉就可以让她为一个陌生女子开门，一切的一切，哪还有什么美丽可言？怪不得她不参加同学会，她其实是怕自己伤心，女人啊，干得再好永远比不上嫁得好。

七天的魔鬼训练

从李旭然的女同学家出来，我发誓，以后一定要睁大眼睛，为自己找个好归宿，免得自己红颜不再时落得晚景凄凉。我在建设路坐公交车，我舍不得打车，在成都，坐公交车也不是什么丢脸的事情。之所以没有走几步路到新鸿路坐8路车回双楠，是因为我要到"美高美"那个美女云集的地方找一个李旭然初中同学的替身。美高美是个好地方，曾经有一回，我站在了美高美的二楼平台，想看清楚，那些男人为什么爱到这里来消费，结果是，女人让男人留恋。女人靠征服男人来征服世界，男人靠征服女人来证明自己是英雄。我在酒吧喝酒时最爱划的就是美女拳，因为容易赢，男人要么一脸坏坏的当色狼，要么就幻想自己是英雄。爱出英雄拳是没醉时，醉了就想当色狼了，男人其实就是英雄和色狼的综合体，只要掌握了这两点，包你赢拳。

公交车摇到红照壁才七点钟，进美高美还早了点，成都的夜生活一般是九点钟才开始。我先是在北京华联转了几圈，看了看有没有什么打折的可以买，然后又去一楼吃钵钵鸡填一下自己的肚子。吃饱后，看一下手机，刚好九点过十分。我这身伪装促销员的牛仔裤配T恤在美高美显得有些不伦不类，这样也好，免得有人来骚扰我。我要了瓶百威，开始打量不远处包间进出的美女。美高美小姐的服装在娱乐圈向来都有口碑的，妖娆的低胸装，十寸高跟鞋，酥胸半露的夜光美女真让人有盛世之感。我像只握着酒杯的色狼，眼睛不断地在那些美女身上打转。杜红霞就是这样在我的色狼利眼下出现的，这个来自雅安乡下的美女看来刚入行不久，她用两个回形针将吊带裙的吊带收了一截，艳服变成了奇怪的娃娃装，回形针小小的亮光映着她的矜持，她独特的气质及与李旭然那个高中同学相同的容貌使我打听到了她的名字，并决定勾兑她。不过，酒吧妹就是酒吧妹，转了几个包间过后，她那骄傲的回形针已经不晓得飞哪儿去了，胸也已经露了一大半，而且有些衣衫不整。不晓得有几个男人趁她喝醉时摸过，我不禁坏想。这个酒吧女与李旭然的高中同学简直长得一模一样，我认定她了。一直熬到凌晨两点，谢天谢地，这个叫杜红霞的酒吧妹今天没被男人带走。

我像猫一样尾随她进了更衣室，"美女，谈个生意，干不干，我出钱，帮你找个巴适的工作，保证比你现在的钱多，而且是另一种生活。"隔着更衣室的门，我与杜红霞谈起了生意，酒吧外还有很多不甘心的男人在等着那些吧妹下班，以吃夜宵为由勾兑这些美女上床，追寻一夜之欢，我必须抓紧时间。

我具有诱惑性的谈话使杜红霞半信半疑地答应了我，我把她拖去吃钵钵鸡，我把脑中设计了无数遍的计划讲给了杜红霞听。第二天上午，我跟老板吴建平请了一星期假，我对吴建平说了自己打算利用歪招搞定李旭然，但没有讲用什么歪招。

　　"好嘛，好嘛，我懂，你安心办你的事情，我懂得起。"吴建平在电话那边一阵怪声怪气，他多半以为我会自己牺牲自己。我先把杜红霞拖到九眼桥买了一个川大的本科文凭，我的第一步是要把杜红霞变成一个毕业于川大中文系的气质美女，然后找出自己以前大学时发表的那些作品，我的笔名是爱彤，正好与李旭然扯一下，旭然，太阳东升状也，彤，太阳红彤彤嘛，爱彤，爱太阳嘛。我对杜红霞说，现在你是我的助手，业余爱好文学，我那些叫爱彤时写的东西都是你写的，你要天天看，还要看《三国演义》，看《红楼梦》，看《孙子兵法》，你必须脱胎换骨，在有限的时间内以军事化的速度完成不可能完成的事情。杜红霞看来还是挺聪明的，哪个不想鱼跃龙门呢。我们两个怀着各自的梦想，开始了噩梦般的七天。七天时间，杜红霞一天只睡四个小时的觉，其他时间就是看书，看我的作品，跟我学成都女孩的生活方式。因为长期混迹于酒吧，杜红霞抽烟是一天一包。现在在七天内戒掉18岁到21岁培养了三年的烟瘾，她居然做到了！

　　而我亲爱的老爸老妈，以为我是良心发现，想拯救一个误入歧途的山里妹子，所以除了对我这次行动给予大力支持外，没有出现任何反对意见。其实但凡美女，背后都有心酸故事，杜红霞也不例外。这个来自遥远的雅安瓦灰村的村姑高中成绩其实还是可以的，如果在成都市是可以读个普通专科的，但在那个家庭却没有办法，只能上收费较低的师范，她当年的分数当然上不了师范。而一心想跳出农门的她既没办法在这个城市出卖劳力，又想快速致富，所以就只能混迹于风尘之中。杜红霞曾经一边背着《后出师表》，一边对我说："陈姐，要是在古代，我一定会做一个才女式的妓女，卖也卖得有脾气，还可以流芳千古。"我一时无语。

优质男人进了我的局

七天的魔鬼训练结束了，杜红霞被我训练成了一个温柔的淑女，知书达礼，黄头发染回了黑色，爆炸式的卷发头也拉直了。我把她带回公司时，吴建平这个假男人都有些心动，更别说那个李旭然了。

"这不是你的位置，只是你的跳板，你的位置还要高，还要好。"我对杜红霞说。我对吴建平说杜红霞是我的表妹，是今年大学刚毕业跟我实习的，他居然信了，看来我的训练确实有成果。

在公司观察了一天，确定杜红霞可以出场后，我带着杜红霞再次来到了百瑞集团总部，这次由张家辉指引，我很幸运地见到了李旭然。走进百瑞集团时，我身边这个穿淑女屋白衬衣、牛仔裤的杜红霞让张家辉不停地揉眼睛。

"这个不会是李董那个高中同学的女儿吧，简直一模一样。"张家辉把我拉到一边悄悄问道。

"当然不是！"我为自己的安排得意不已。李旭然没有想像中可怕，那是一个穿着纯棉杰尼亚T恤衫，保养得很好的优质男人，特别是适中的腰围，腰围很粗的有钱男人太俗，真正有钱有实力的男人都身材适中。杜红霞显然没有见过这阵势，虽然她见过无数有钱的男人，但美高美包间里的有钱男人与办公室的男人是两码子事，特别是喜好在欢场找美女的男人，档次多半高不到哪儿去。幸好我事先叮嘱过她，不晓得咋个办就脸红，就低头，就作害羞状。张家辉把我俩介绍给李旭然就离开了。

"我只有五分钟时间，你想好内容就说吧。"李旭然一边埋头找我那份意向书，一边礼貌又不容置疑地说道。可当他拿起意向书，望向我身边的杜红霞时，我看见，这个优质的中年男人眼神里出现少年才有的惊喜。

"成功了！我一定会成功！"我不禁在心里暗喜。

"我叫陈玲，这是我的表妹爱彤，本名杜红霞，是个小有名气的写手哦，今年刚从川大毕业，我带她实习一段时间，以后可能还要李董帮忙哦。"我把名片递给李旭然作了个简单介绍，我的身份张家辉已经代我讲过了，我需要重点推出的是杜红霞。英雄难过美人关，有杜红霞在身边，五分钟的谈话变成了五十分钟，李旭然一边仔细地向我了解购买我公司产品的细节，一边与杜红霞聊起了川大。有钱男人都重视包装，不管他以前是混混还是出生于书香门第，李旭然花了几万元在川大读了个 MBA，这个是人尽皆知的事情。经过一周集训的杜红霞，不，现在是爱彤了，对于李旭然的询问回答得滴水不漏，我看到，李旭然越谈越喜欢，越谈越高兴。但我并没有马上向李旭然提我的意向书，对于资产数千万的李旭然来说，一年六十万的办公用品开销算不上什么，我需要伪装成一个诚实的生意人，我的时机还没到。在五十分钟的谈话时间里，李旭然的电话响了N次，"哦，明天嘛，我今天有个重要的谈判。"一个男人肯拒绝数个谈判项目，那肯定有他极为感兴趣的事情。我们是来找李旭然赚钱的，那么能让李旭然感兴趣的自然是化身为爱彤的杜红霞了。看着已经到了快下班的时间，我在茶几下面的脚狠狠地踩了杜红霞一下，这是我设计好的暗号。"哎呀，"杜红霞一声尖叫。

"爱彤小姐，你不舒服吗？"

"我突然想起来妈妈晚上要打电话到家里的，我必须按时回家。"杜红霞红着脸说道。

"如今这年月，还有那么听话的女娃娃，难得难得。"李旭然的眼中又多了些怜惜。

"我表妹是个超级玉女，大学四年居然还没要过朋友。"我趁机加重语气补充道。在一片欢喜的气氛中，我们与李旭然依依道别，而且，李旭然还亲自把我们送到楼下吩咐司机专车把我们送回双楠。

假处女能换来真信任吗

第二天，我把杜红霞带去花五百块做了个假的处女膜，我要让她从内到外都有个改变。这是一家经常在成都报纸、电视、户外登广告的私人医院，打胎的，做处女膜的，美女们揣着各自的心事来来往往。我一边在手术室外等候，一边看着这些美女，一边想着科技的发达、感情的伪装、真情越来越少，忍不住一阵揪心。

第二天一大早，我就接到了李旭然的电话，他说他对我们公司代理的产品很感兴趣，他想看一下样品，但他白天很忙，没有时间，问我下班方不方便，还刻意说最好把爱彤带上。我装作很为难地样子，称自己倒是没问题，但对于我那个纯情而美丽的爱彤表妹，我还需要花点时间说服她。

半个小时后，我掐准时间给李旭然打了电话，勉为其难地答应了他的要求。半个小时在心理学上是男人的最佳等候时间，这段时间里，男人的好奇心被吊到最高点，一过这个时段男人就会产生放弃的生气念头。

我把李旭然请客的地方选在了远在机场路的家园国际酒店，一是这个地方够得上档次，二来是这里离家远，可以为不回家制造借口。李旭然是一个人开着他的沃而沃来的，九十多万的沃而沃，性能优越，不像宝马和奔驰那样招摇，但行家一看就知拥有者身份不凡，一如他身上干净的杰尼亚T恤衫。其实早已为那个六十万的大单和我那月薪七千元的工作设好局的我心里非常清楚，李旭然肯定是会改变惯例，在七月签那个全年购买合同的，他今天根本不想看那些样品，那是张家辉的事情，他想找回初恋，至少在形式上拥有与自己少年时喜欢的那个女同学一模一样的女子。饱暖思淫欲，男人这东西，并不是不好色，只是没有遇到合适的女人，我就不信杜红霞搞不定李旭然。

杜红霞，这个在美高美混了三年的女子，虽然容颜看起来还是那样单纯，但经过无数个男人的女子，早已对李旭然的打猫心肠心知肚明。在我带她去做处女膜时，她一脸感激地对我说："陈姐，你放心，你签你的单子，我一定会按你的要求搞定李旭然。"她早就明白，做了处女膜的杜红霞就是个纯情少女，如果搞定李旭然这个优质男人，她的那个假处女膜加上我训练出来的假身份一定会让她过上人上人的生活。当一单生意只剩下男人和女人时，这单生意就 SO EASY 了，我们吃了饭，然后唱歌，我们两个酒量其实不小的女人在喝了两瓶啤酒后就开始装醉了，杜红霞利用自己经过无数个男人的经验按我说的把自己的爱彤与李旭然扯上了关系，一脸纯情，一脸不谙世事地让李旭然把她又爱又怜地带进了房间，而我也装醉乎乎地自己开了个房间睡觉。被男人调情的女人热望十足，隔壁房间杜红霞的猫叫和装出来的呻吟真好玩儿。其实我们都是赢家，杜红霞找到了她想要的优质男人，李旭然找回了年少的梦想，虽然那是我安排的，但我签到了那笔六十万的现实主义大单。

4

第二天早上，我从房间起床，非常惊恐地敲开李旭然的房门。

"李董，不行哦，不行哦，我表妹以后咋个办嘛……"我语无伦次，而杜红霞，则一边慌乱地整理衣服，一边说着：

"表姐，不关李董的事，真的不关他的事……"说的时候，杜红霞还在不断发抖，一双大眼睛噙着泪，如带露梨花，让我看来都忍不住心痛。

"陈玲，相信我，我会做一个非常负责的男人，但惟一对不起的是，我不能娶爱彤，希望你们能够接受我的想法。"李旭然没忘记他的董事长身份，匆匆把我拉进房间。

"我表妹不懂事，都怪我，带她出来实习，我应该记住，女人做销售，是飞天玄火的事情。但是李董，其他人可以，我表妹大学才毕业，说难听点，她还是处女，你这个样子，还说不能娶她，那要她做一辈子的情人？"我不依不饶。

"这样子嘛，陈玲，我们马上回双楠，我在你家附近的逸都花园找套房子，马上就买，然后你再回去与爱彤的家人商量一下，看有没有办法让爱彤与我住在一起。如果爱彤有一天遇到了合适的对象，想嫁人了，我保证风风光光地像嫁闺女一样把她嫁出去。"李旭然说得信誓旦旦，不由得人不信。

"事情都这个样子了，我还有啥子话好说呢。"我指着白床单上的一抹红迹说到。

杜红霞继续痛苦，李旭然则非常温柔地拥着杜红霞，一边轻轻地抚摸着她的头发，一边柔声对她说："都是我不好，但我真的太爱你了，真的，你要相信我。"

"李董，我跟你明说，如果你对我表妹有半点耍诈，那我可真的不是吃素的，老子哪怕把工作耍脱也要整你一盘，搞得你身败名裂。"我索性耍泼。

"嗻，陈小姐，你在生意场也是混了一段时间的了，我李旭然什么时候出去嫖过婆娘嘛。"李旭然继续表明对杜红霞的爱恋。

那家医院的技术确实不错，杜红霞伪装的初红让李旭然没有任何怀疑。

李旭然说到做到，在逸都花园给杜红霞买了个二手房，出钱让杜红霞去学驾校，把杜红霞的老爸老妈都从石棉那个瓦灰乡给接了过来。当我从李旭然那儿接过那个有他亲笔签名的六十万大单后，我准备把预先谈好的三千块劳务费给杜红霞，但杜红霞拒绝了。的确，她得到的岂止是三千块。

我以为我与百瑞集团，在这件事过后就仅限于偶尔问候一下李旭然，然后与张家辉就产品这样那样的问题打一下交道而已，没想到半路杀出个李凌琛。的确，这个六十万的大单在一个月内就由我签下了，也难怪百瑞集团中层以上干部人尽皆知，他们以为我会谈生意，以为我的意向书做得好，谁也没有想到我出的那个歪招。我想跳开那个圈子，找寻我这个混混想要的幸福。

我的思绪翻了又翻，到了下午两点半的时候，我的眼前还晃着李凌琛那双勾人的小眼睛，摩卡上面的奶油还是那样厚重，谁说只有男人难过女人关，女人遇到了对路的男人也很难过关。一个下午，我都在 8 楼的办公室看着一环路上的车流发呆，爱情来了，上不上？QQ 上，李凌琛发来了消息，我昨天跟他说的 QQ 号，那么难记的 8 位数，他居然记住了，不愧是个花花少年。我控制不住自己，加了他。

第三天，李凌琛在我下班时准时来到了楼下，我想拒绝，可发觉根本没法控制自己，不由自主上了他的车。我们在华阳吃的兔头，在去华阳的路上，他的那双大手就不停地在我的腿上游走，我没有拒绝，我怕看他那双勾魂眼，我不怕长得标致的男人，就怕一身邪气的男人，这是我的致命缺点。

搞定一个男人就需要搞定他的胃，而搞定一个女人，又何尝不是如此？他跟我讲了许多笑话，知道我饿坏了，先给我点了玉米棒和稀饭，然后又像哄小孩一样看着我把他送到碗里的兔头和鸭唇啃完。我的内心，有一种温馨在莫名地感动。吃完饭，已经是晚上九点多了，Mazda 穿过三环长长的车河，但在三环路那个应该拐进双楠立交桥的地方，李凌琛换了个方向，拐上了武侯大道。我不知道他为什么这样走，心想反正回家早了也没什么事做，就由他开吧。

"给你讲一个小白兔的故事：小白兔在迷路的时候向一只小黑兔问路，小黑兔告诉她要先让他做了他再讲，于是小白兔就被小黑兔做了；在第二个路口，再次迷路的小白兔又被一只小灰兔做了，之后回家的小白兔生了只小兔子，问那个小兔子是什么颜色的?"

讲这个笑话时，李凌琛的小眼睛狡黠地眨着。

"白色? 黑色? 灰色? 花的?"我回答的极其认真。

"都不对，想知道答案吗，那你让我做一次。"

面对这样的表白，我的脸一下子红了，一时不知该作何回答，李凌琛抓着我的手，顺着武侯大道，开到了太平寺机场的后门。这地方叫首长路，据说是专供重要领导进城的路，很宽很静，难得在离城如此近的地方还有这样一到九点就人迹罕至的地方。他麻利地放下车座，轻轻地吻着我的耳朵，我没有办法拒绝，虽然我不断地心里念叨，"爱情来了，上不上?"

我想逃，把双手紧紧地护在胸前，但他不断地亲吻总是让我无法自持。我觉得自己像是这个小眼睛花样美男的一只小兔子猎物。

"不要动，让我做。"他一边喘息着一边命令似的要求着我。

下身已经感觉到了一片湿润，但我还是想拒绝，内心却是一阵阵紧张和难耐的兴奋。

索性，紧紧地抱住他，我咬着他的耳朵，抓着他的背，感觉仿佛跟着他在飞翔，我发出了快乐的呻吟。

车窗外，一轮明月亮亮地挂着。一阵钻心的痛，自己已经与他融为一体，的确，男人和女人，身体上的要求，谁也无法拒绝。

"当我进入你的身体时，你啥子都忘了，只晓得要，啥子正统教育，啥子骄傲矜持，除了叫，就是喊要。"我又想起那句话，女人是男人调教出来的，我在男人面前居然是个做起爱来很舒服的女人，为什么肖鹏没有这样表扬过我? 肖鹏是我的前任男友，与我谈了八年抗战式的恋爱，同居了三年，但最后让我带着一身的伤痕离开，我曾不信爱情，但爱情来了，还是情不自禁地上了。

完事了，我疲惫地躺着，希望他能吻我，但他没有那样做，他扔给我一叠纸，一边系着皮带，一边说："情人和老婆的区别在于，办完事后，老婆是需要爱抚的，而情人完事就完事了，做情人就不要奢求太多。"

我禁不住一阵心痛，我想哭，却哭不出来，我紧紧地咬着嘴唇，在心里不停地骂着，我他妈的遭哪门子的罪，金屋藏娇，他妈的，李旭然泡杜红霞那个烂婆娘还买了一套五十万的房子送给杜红霞，而你李凌琛除了老爸给买的一—"Mazda 6"，连武侯大道旁的一个窝棚都没有，还把我当情人，还让我牢记情人准则！李凌琛的匪气我想并不全是他的家庭带来的。

这一天，我清楚地记得了，"9．25"——一个与"就爱我"谐音的邪气日子。我隐隐地有一些不安，我觉得，我的后半生多半都会与这个李凌琛、这个让我又爱又恨，既是豪门阔少，又是拿着一千多元工资的邪气小警察搅在一起。男女之间，一旦发生了关系，那么结果就不是那么简单了。

5

与李凌琛折腾到深夜一点多才回家，我亲爱的老爸老妈早睡了。我心中一阵酸楚，洗完澡，躲在被窝里哭了个昏天黑地，为自己的不争气，为自己和那个李凌琛莫名其妙的爱情。

我思念他的吻，思念他霸道的要我，但他却以为我是他那辆马自达钓上钩的情人，我不知道什么时候睡着的。醒来时，枕头湿湿的一大片，一看手机，上面有了 N 个未接来电，已经是次日中午 1 点了，老爸老妈已经出去做事去了。

我给公司打了个电话请了假，解释了未能事前请假的原因。然后，然后我开始把那个鸭绒枕头扯得稀烂，鸭绒在房间乱飞，我趴在窗前大声叫着：

"李凌琛，你他妈的混蛋，你以为你有钱，江山是李旭然打下的，你他妈的就一警察。我爱你！我爱你！你难道一点都没看出来吗！你干吗要伤害我！"我像一个疯子一样在房间里又跳又喊，直到石兰的电话打过来。

"打电话去你公司说你没上班，你这个争强好胜的性格，向来轻伤不下火线。如果不是生大病或是感情受了大刺激，你不会在家呆着的。到春熙路吧，逛会儿街喝会儿咖啡，有朋友在我想你会好一些。"闺中密友就是闺中密友，懂得我的心事。

收拾妥当，走到电梯口时，发现邻居都用一种怪异的眼神看着我，掏出化妆镜，妈呀，我的眼睛怎么肿得像出笼的包子。于是又折回家，戴上墨镜才下楼。坐上到春熙路的 8 路区间车向我们的约会地太平洋百货出发。

石兰已经站在了大门口，她还是那么漂亮，这个与我共同读研的美女是个典型的小家碧玉，过着平淡而真实的生活。我们转了半天，我还是不知该如何说起。我明白，石兰一直在劝我，希望我能同她一样，好好找个门当户对的男人结婚，过上与她一样的生活，但我总是难以控制自己的感情，石兰给我介绍了好多个很优秀的男人，我就是爱不起来，一见面没了感觉就没了下文，不愿为了生活或是婚姻而去培养，结果爱情成了我一直要也一直丢的东西。

我想起了初恋情人肖鹏。我们恋爱五年同居三年。他的父母很喜欢我，肖鹏对我也很好。但这个男人是成都劣势男人的典型。不愿吃苦，不愿拼，我们好了那么多年，他居然一事无成。肖鹏惟一的好就是浪漫，就是懂得讨我欢心。他会在情人节和我生日时按时送我玫瑰花，会在我生病时把药喂到我嘴里，甚至肯为我上街买卫生棉。所以我甚至一度有过养肖鹏一辈子的想法。但世事真的难料，自从我读研后，肖鹏的脾气就开始变得越来越古怪，翻我的手机，偷听我的电话，稍微晚回家一些，就开始使劲打我骂我，而当我提出分手，他又开始痛哭流涕地让我原谅他。我的研究生课程就在与肖鹏分分合合的纠缠中进行着。

直到有那么一天，肖鹏对我举起了菜刀，我才彻底清醒了，再这样下去，我会毁了自己的，我要开始新的生活，不能被所谓的爱情毁了自己。

我搬了出来，彻底地与肖鹏分了手，我换了手机号码，躲进了父母的保护圈。这时候，我才发现，因为那段支离破碎的初恋，曾经如苹果般光鲜的我已经成了一个老核桃。我开始调理自己，每天喝药膳汤，学着出去玩。那段为自己拣回脚脚爪爪的日子，全靠石兰陪我度过，所以我一有事情就想着她。

我知道，我的混混性情已经使自己吃了很多亏，现在跟李凌琛第一次过招就已经伤得不轻了，当年跟肖鹏还没分手时，石兰就不止一次地提醒我一定要离开肖鹏，找男人要看全面，不要由着性子来，没想到，我在明知李凌琛是个花花公子的情况下还是跟他搅在了一起，而且是事后找石兰给我出主意。面对这个一直劝我、一直帮我、一直在我身边的朋友，我真的不知该如何是好。

6

春熙路的宾诺在二楼，坐在二楼窗边看着窗外如云的美女，突然想起，我与石兰也是美女，说不定，窗外的人也在看着我。我像一个做错事的孩子，只顾低头喝咖啡，我不晓得咋个办，我永远都是率性而为，原来与肖鹏在一起，与我一同读研的石兰就不止一次地劝我离开他，但我总是不听劝，事实证明，石兰的想法是正确的。

"你啊，明明晓得李凌琛有老婆，还在那儿搅啥子嘛，你又不是那种没人要，嫁不出去。爱情来了，不是说上就能上的。"石兰语气有些复杂。她长得很好看，是那种瘦弱型的代表。她现在的老公是她相恋十年的初恋。她很懂得坚持，他老公曾经在加拿大留学三年，在这三年中，漂亮的石兰身边不乏追求者，其中当然也有让石兰动心的帅哥，有几个我看到都有些心动，但石兰最终抵住了诱惑，坚持了下来。我在想，若换成我这种性情，石兰现在还会有幸福婚姻吗？石兰的坚持有了回报，她的爱人回来与她结婚了，两人在西门外光荣小区有两套打通的房子，在浣花溪畔还有一个她老公父母买的跃层式住房，顶楼就是他们的新房。现在两口子过着成都典型的幸福生活，做点小生意，优哉游哉地过着幸福生活。想想也是，若是我懂得按需选爱，那结果可能会与石兰一样幸福，但我其实自己都搞不懂自己，当初的肖鹏，现在的李凌琛，我都是义无反顾地去爱，虽然明知会受伤，明知没有结果，而且李凌琛已经伤我了，伤得还特别深。

"爱情来了，肯定要上噻，你还能年轻几年？现在这个社会，谁会对谁负责，谁又能负谁的责？我觉得男人嘛，喜欢时就谈谈恋爱，不喜欢就拿来搞一下，满足自身需要。"陈倩插嘴道。陈倩也是我们读研时的同学，不过从小喜欢特立独行，读了一年研究生就跑到锦江晨报跑政法新闻，当记者去了。她在报社给我们打电话，听说我们在离她报社很近的春熙路，立马跑了过来。"前几天，我的前男人从重庆跑到成都来看我，我把他晾了二十分钟，然后开始，事后对他说，其实我早就不爱你了，只不过这两天内分泌失调，需要男人，你又正好在我身边，反正熟人肯定要比陌生人安全一些，就把你拿来搞一下噻。"陈倩是个典型的重庆妹子，语言很OPEN，说话像放鞭炮，噼哩啪啦的惊人之语让我老半天回不过神来。

这个跑政法新闻的小美女，天天跟警察打交道，天天泡酒吧，一切都是那么前端（前卫太大众化了，前端比较适合她）。不过细一思忖，陈倩的话还是有一些道理的，我不禁想起了李凌琛教我的法式热吻。说起来有些奇怪，我跟了肖鹏八年，居然不会法式热吻，而且每一次跟肖鹏做爱，都要看完一部一级日本A片才能进入状态。跟李凌琛就不一样，我那么快就兴奋了，而且不停地叫着，连我自己都觉得奇怪，怎么成了一个荡妇？记得李凌琛在做爱前亲吻我的耳朵，我觉得奇怪，便问他，"笨蛋，耳朵是与女人性腺相连的地方，在我亲吻你的耳朵时，你已经发出了快乐的呻吟，这一切，你没有发觉吗？"李凌琛轻轻地问道。的确，跟李凌琛做爱是一件很愉快的事情，这一点，我必须承认，他是一个情场高手，他懂得引导我，并像一个老师一样让我感觉什么是高潮，这一点，是八年来肖鹏从未做过的事情。

我们三个女人在宾诺扯了三个小时，谁也没法说服谁，石兰，当然希望我和陈倩两个疯子能像她有一个幸福平淡的归宿。而我，内心其实想通过爱情找到一个完满的归宿，过上如石兰般的平淡日子，如果过不上，那么爱情来时，我还是会上，还是会要。陈倩，这个 OPEN 的小美女，对她来说，爱情不是最重要的，搞才是最重要的，男人就是拿来满足她需要的。她把身边的男人分得很细，有一个正恋爱的，被她称为爱人；有一个很有钱，没钱时，她就会去找那个老男人，会给自己的提款机加点润滑油；还有前男友等等众多男人，典型的女权主义者。她说她会结婚，只是没遇到那个人，遇见了，她就不会去搞了。

"哦，陈玲，忘了告诉你，我正在做一个暗访，你那个李凌琛所在的派出所，还有他家的百瑞集团好像都扯了进去。"陈倩这个死女人，老是让我心惊不已。

她所在的锦江晨报是一家省级报纸，市里好像管不到他们，结果陈倩这些政法记者们就地整些枪案的报道，看得人心惊肉跳的。枪案，太恼火了，我只是一个想要男欢女爱的混混，不管人家咋个看我，我只要李凌琛有时间陪我吃饭，在三环路转圈圈，即使是吃钵钵鸡，即使是在车上做爱，但我心中有爱，再酸再痛也是美好的酸楚和痛苦。如果李凌琛和百瑞集团如陈倩所讲，都与社会烂事扯上关系，那我不是也卷了进去？以后呢，嘟个扯得清楚哦！

"死女人，乌鸦嘴，烧说些啥子？妈哟，我晕，然后再倒。"我忍不住对陈倩吼道。"我是为你好，我、你还有石兰我们可是死党哦，朋友才跟你说实话，我还怕你把我的行踪和暗访讲出去呢，打草惊蛇，而且还做不成独家。"做记者的陈倩嘴巴永远都是那样厉害。仔细想想，陈倩的话也不无道理，我不敢再往下想，春熙路的人流不再美好，这个李凌琛，把我的生活给彻底搅乱了。

我这个要爱的小女人，府南河边长大的小混混，面对这个糊里糊涂的爱情，上？还是不上？

7

　　一晃就 11 月了，我与李凌琛的感情越搅越深，天气一冷我就跑去给他买杰尼亚的毛衣，我的工资有限，还要攒钱买房子，买不起正宗的杰尼亚，只能到桐梓林的外贸店去买 A 货，但那三百余元的毛衣还是我所有毛衣中最贵的，今年我的毛衣没有一件超过两百块的。恋爱中的女人都是白痴，我也一样，在公司，在生意场上，我是那样的精明，可面对李凌琛，这个我明知他不过是在找感觉、在玩我而已的小眼睛男人，说不定他厌了、烦了、腻了、就会消失掉。但我还是难以控制住自己的情感，爱情来了，我不但上了，而且陷得如此之深。

　　我们的爱情是酸楚的偷情，我们在车上偷偷摸摸地做爱，这种做爱，已经从最初的刺激变成了刺痛我心的酸楚，可能李凌琛也发觉在车上由于地盘有限，要尝试其他情调过于麻烦。我们约定了一个阳光明媚的下午去了那个在西大街金色夏威夷内的商务套间。

　　房子是我找的，我们在 QQ 上眉来眼去，说到找房间似乎跟结婚一样兴奋。

　　"妹子，我发工资了，我们去现在流行的商务套间吧。"他的头像在闪动。

　　"我来找，办公室的报纸多求得很。"我很得意地回答。

"定了，916。"我一边翻着报纸，一边敲着键盘。

916是那个公寓式酒店的办公室。我们的房间是920，真他妈的奇怪，第一次做爱的日子是925，第一次开房是920，难道上天注定他是我的爱人。"我日！"我在心里对自己骂道。

到了916，他已先到了。大白天看着他，我竟有些不知所措。

"脱衣服噻，洗一下嘛。"他付完钱，进得房间，看着站在床边不知所措的我说道。

见我脸红心跳，他走过来，吻着我的耳朵，挑起我的性兴奋。

我们一起进了小小的浴室，他的身材是那样完美，后腰有些翘，虽然我们已经做过几次爱了，但我从未这样欣赏过他年轻的身体，我偷偷看了一眼他，我低着头，抱着他，悄悄地把手伸过去。他拿过毛巾，轻轻地擦干我身上的水滴。把我抱到了床上。

我把自己想像成他的新娘，虽然只是他的情人，但我是爱着他的，我对自己说道。

虽然进了房间，但终究还是偷情，整整一个下午，我们那样疯狂地向对方索取着。要完一次，歇一会儿，我再次要他，然后再休息一会儿，他又再次要我。

我从来没有那样疯狂过，只知道，不停地要着。终于用尽所有的力气，靠在他的胸口。

窗外是西大街，这是公寓式的套房，我把它想像成我们的新房，就那样不停地要着，要想榨干他，我知道他家有一个与我同一天生日，小我四岁的小女朋友，已经与他同居了两年，他对我说那是他老婆。我希望这样子李凌琛回家就不再碰他的小老婆了，我没有对李凌琛说我爱他，其实我心里非常清楚，我是爱他的。但我同时明白，李凌琛确实只是想从我身上寻找刺激，正值青春年少的他根本不愿被爱所束缚，"谁先爱谁先死，我对你只是感觉比较好而已"，我故作洒脱地对李凌琛说着违心的话，假意称自己只知道与他找感觉而已。

每一次与李凌琛做完爱，这个男人从我身边消失时，我就会悄悄地躲在背窝里哭，找来纸笔，不断地写着："李凌琛，你这个猪头，你一点都没有发觉我有多么爱你吗？"

那天从金色夏威夷出来，时间刚好五点，那天不是星期天，我是借口拜访客户出来的，我还要回单位交差，李凌琛没有带我去吃晚饭，他急着回家。他把我送到公司楼下，轻轻吻了我一下，就匆匆离去了。我好饿，只得到附近买了个小太翁锅魁，然后飞快地冲回办公室。打完卡后，我独自坐在办公室啃着有些凉意的锅魁，泪水不知怎么就滑了下来。"李凌琛，你真他妈的混蛋，人是有感情的，你懂吗？"我对窗外大声地吼着，写字楼内的人都走的差不多了，公司在8楼，没人听得见我的喊声。我顺着窗边的墙壁滑到了地上，哭泣，漂亮的铅笔裙已经坐皱了，兰蔻睫毛膏固然好，但终究经不住泪水的冲刷，我的精致妆容变成了熊猫，我依然不知道自己这样做究竟是为了什么，爱情来了，上它干吗，我不停地骂着自己和李凌琛，既然没有陈倩那样的心态，何必去搅那趟浑水。

但哭过之后，我还是忍不住给李凌琛打电话，我的爱已然入骨，这个傻瓜却不知道。他总是搂着我说我是自由的，可以随时去找爱人，一边讲他是怎样疼他的老婆，他的老婆曾经在吃饭时卡了根鱼刺，这种小事情，他心疼得立马开车把老婆送到了川医。他总是忘情地讲着，全然没有顾及身边这个漂亮的女人，这个优秀的女人，也是他的女人，对他也那样专一那样好的女人，渴望他爱的女人。听他讲这些，我总是忍不住偷偷地落泪，我总是在心里使劲骂道："我靠！李凌琛，既然你那么爱你老婆，还要来找我干吗，干吗要欺负我！"

老爸老妈不知道我在干什么，为什么回家的时间越来越晚，他们除了不断地为我留着热汤，实在没有别的法子。只是在我出门时，不停地提醒我说，我年纪已经不小了，有合适的对象快选择，谈几年恋爱，正好在30岁以前把自己嫁出去。身边的朋友也不断地让我去相亲，但我每次相亲都会给李凌琛打电话，我把他当成了自己惟一的男人。既然能让我在那样的情况下爱得入骨，李凌琛自然也有他可圈可点之处。的确，这是个太会讨女人欢心的人精。

最让我感动的是，他总会在我加班时默默地在公司附近等我下班。有一次，我们去华阳吃完饭回成都已经很晚了，他急匆匆地想回家，中途又接了他女朋友的电话。我一下子悄悄哭了出来。他没有吱声，放起了经典英文歌曲，然后把那首歌改成了成都经典骂人句子"妈的X"，还饱含深情地重复着。我忍不住想笑，这个家伙，见我情绪有所好转，默默地把换档的手伸过来，握住我的手，他其实知道我的心思，但没有说。"妹子，你不要化妆嘛，我最喜欢你的样子了。看嘛，那些睫毛膏都掉进眼睛里去了吧。"他有意把话题岔开，这是他的聪明之处。看到喜欢自己的女人哭，很多男人都去解释自己不能舍弃家庭的原因，他不同，他根本不提，让你往高兴的地方想，这才是情场高手。

看到我生气，他总会有这样或那样的方法逗我开心，他会唱好听的情歌，会讲许多的黄色笑话，也许，我们都在人前伪装得太多，需要放松，所以我就一直那样与李凌琛搅着。我与李凌琛的老婆一天生日，他送了我一双温暖的白井手套，一大束鲜花，我们在车上匆匆做了爱后，他就匆匆回家陪老婆了，让我忍不住感叹，做男人，真累。

李凌琛送的鲜花很美，蓬勃的一大束，这个让人心疼的男人，终究是粗心的，只顾着选大束的，这一大束有香水百合、康乃馨的鲜花里却找不到代表爱情的玫瑰的身影，我的泪水忍不住再次滑落。若是有一个容器，可随时把眼泪接来装起，我想，与李凌琛搅在一起后，我为这个小眼睛男人流的泪至少可以放在一方的大鱼缸里养鱼了。我确实太爱李凌琛了，我把包装手套的包装纸，我们的电影票全都放在了一个漂亮的锦盒里。那双普通的白井手套，是李凌琛留在我身边惟一可以触摸的东西，我随时随地戴在手上，连睡觉时都舍不得取下。人云，只有爱到入骨的痴情女人才会如此。我把对李凌琛的每一分爱恋都刻在自己的骨子里面，我没有意识到，对李凌琛的爱，最终将让我付出了生命的代价。

8

与李凌琛的地下情就这样甜蜜而酸楚地进行着。看着优秀的销售部经理形单影只，我的老板吴建平不干了，他为我介绍了一个 XX 处的处长。老板介绍，我不好明着拒绝，只是不断说自己现在忙着制定明年的销售计划，过一段时间再说。其实，我心里已全是李凌琛那个混蛋的影子，哪有什么兴趣相亲啊。

一个阳光很好的午后，街上都是些晒着太阳、斗着地主的闲人。我想起了我的乖乖，我的混蛋李凌琛，我给他打电话："乖乖，我们去华阳喝茶，行不行？"在爱的男人面前，我的语气像是在乞讨。

"日本人哦，没得时间，我跟我们老婆、老妈在一起。"他有意用对同事的口吻对我说道。

再打，他不再接电话。情人就是这个样子的，主动权永远掌握在爱少一些的那一方，谁先爱谁先死，做情人最好不要爱得太深。

我坐在窗边，打望着街景，看着手机上的时间一分一秒地走，过了一小时，我再打。

"出来个毛，我要陪我们老婆。"他继续以同事的口吻伪装着我们的身份，而且有些不耐烦。妈哟，老子又不是没人要的女人，老子相亲去，于是我给吴建平打了电话，说自己现在闲得很。

那个处长姓姚，他让我叫他姚哥，看他的第一眼我就不自觉地把他与李凌琛相比。他很胖，有那种机关男人惯有的肥肚子，如果说李凌琛的 Mazda 是自行车中的小 B，那么那个姚哥开的晋桑就是 28 圈的加重自行车。我是为了报复李凌琛才与姚哥相见的，所以经过精心打扮的我并没有把那个姚哥放在眼中。

"姚哥好，不好意思，说了那么久才见面，主要是这段时间事情太多。"我非常客气地与姚哥打着招呼。

"没事，没事，人年轻嘛，是该多做事噻。"一见面，这个中年男人就打着官腔。

我们在神仙树的故乡缘吃的饭，这个地方在 2000 年的时候还是一片棚户区，全是城郊的农民工住房，现在成了一个高档小区。姚哥的谈话让我很烦，这个离异的中年男人以为自己是一个处长就怎样怎样了，一个劲儿地介绍着自己的工作，说他们单位其实现在是一个闲置机构，他正在过渡，下一步是到什么区去当区委副书记。他犯了一个中年男人的病，因为自己青春不在，就拿自己的工作、地位和物质作炫耀。其实，真正优秀的女人不用男人讲，她自己会观察的，而且优秀的女人是懂得如何将自己深爱的男人往成功的路上引导，在女人面前标榜自己如何强大，其实是把那个女人变相的贬低了。

我很反感姚哥，我喜欢我的李凌琛，李凌琛从来不向我炫耀他的未来，虽然他的未来确实值得炫耀。但李凌琛不完全属于我，他不开心时才给我打电话，但当我需要他的时候却总是找不到他的人，他有他的小老婆，现在的女孩可真是厉害，听李凌琛的同事讲，李凌琛从未进过那个女孩的家门，可那个女孩还是住到他家去了，换了我，永远也拿不出那个胆量。

有好几次，我孤零零走到双楠紫云花园李凌琛的家门前，望着那熟悉的灯光，却没有勇气敲门。我的装束、容貌使保安从未对我的举动产生怀疑，我就那样一动不动地坐在窗户前，拨打着电话，听着他不接电话，听着他对他的小老婆说认不得打电话的人，然后我就一直哭，闷坐了一个小时，然后喊姚哥那个老男人来接我。

那个老男人应该是喜欢我的，总是随叫随到，我就这样折磨他，李凌琛折磨我，我就折磨姚哥。但姚哥不好耍，这种机关里头的老男人除了洗脚和打麻将似乎没有更多的业余活动。陪嫖看赌，是人生最痛苦的事情。看着几个没有一点花色的男人凑成一桌子麻将，我越来越不能忍受。

但事实上，姚哥是毫无疑问的结婚人选，至少，这个有稳定工作、有两套房子的男人愿意娶我。但李凌琛不能，他一直在劝我找个归宿，这个小男人，一边享受着我带给他的快乐，一边暗示着我不要给他添麻烦，男人啊，都经不住分析，越分析越失望。我开始希望自己能够找家医院，把我脑中关于爱情的神经切了。我和李凌琛，就那样怀着各自的心事，互相安慰着对方，但又互相怀着各自的心事。我犹如在两个男人中间跳舞，虽然我与姚哥其实只算是朋友般的接触，吃吃饭，喝喝茶而已，但我还是觉得心中有些不安。

9

对于漂亮而能干的女人来说，结婚是排在第二位的
爱情是排在第一位的
结婚是为爱情而准备的
因为她不需要通过婚姻来安排自己的后半生

　　不知是机关干部的通病抑或是别的原因，我对姚哥越来越反感，第一次打电话，只要得知我在跟谁谈业务，他就会说那个单位的谁谁他认识，以前是他的什么人的部下。我知道他是在向我证明着什么，但确实太让人反感了，我还认识布什呢，连我的混混老爸老妈都知道萨达姆之类的。

　　姚哥跟我说，他的工资没我多，只有 2000 多，但他有很多关系网，他可以利用这些关系网帮人做些事情，赚点钱。

　　这个我知道，我们老板吴建平就曾经给过他一笔回扣。但我虽然是个混混，却在内心里异常地反感这些动作，我想还是对李凌琛的爱情占了绝对上风。姚哥四处带着我应酬，他正跟监狱局的一帮人谈事情，川东一个监狱要拆迁，那些废旧的钢材在拆迁后如果能低价搞到手的话可以赚至少百万以上。他找了一个做生意的朋友入股，其实就是不断地给那些个管事儿的送礼，买这买那，跑腿，我也被拉着去办事，去应酬。应酬我是没问题，就是说好听的话，陪人喝酒而已，随着监狱的招标期临近，姚哥的心情越来越紧张，他说他为那个事情已经准备了一年，前前后后已经送了四万多元的财

物给那人了。

在招标会开始之前，出于对姚哥经常请我吃饭的感谢，我受他的委托为他在文殊院烧了一炷高香。但烧香并没有效用，从川东回来后，姚哥的情绪非常低沉。他说幕后还有高手，当地一个商家直接找到了处理这件事的相关部门领导。而那个背后不知收了多少人的礼，他说他虽然没有损失什么，但那个帮他出钱的股东这一年的时间和那四万多元钱不能打了水漂，他要帮他搞定。

而这个时候，李凌琛在挡获一个抢劫团伙时手被歹徒打伤了，我突然发觉，其实李凌琛是个很单纯的大男孩，我开始反思。的确，跟姚哥继续发展下去，我们是完全可以结婚的；而与李凌琛，我只有过一天算一天的把握，但我能享受他带给我的爱情。我不管陈倩所说的真假，我所看到的李凌琛就是一小警察而已，他没有太多的复杂的事情跟我讲。姚哥的东西在我的眼中确实太烫手了，这个关系，那个关系，让我看到那些乱七八糟的东西。我的工作看起来简单，其实已经很累了，我不想掺和进那些东西里去。如果爱情和婚姻只能选择一个，那我要爱情。

我是一个单纯的女子，永远不会算计得与失，其实人生哪有得与失可算。爱情在我心中最为重要，我认为李凌琛让我得到了最好的感情，我当然要爱情。婚姻，即使有物质上的满足，但那又如何？所以我选了个最需要的。我找了个借口疏远姚哥，如果生活中真有什么黑道白道的话，我宁愿选择黑道。在黑道里面，混混就是混混，我就是坏人。机关那就不一样了，背后头使了坏，表面上还要装得人模人样的，用东北话说就是让人看着闹心。陈倩说经常都有好稿子被枪毙，可能就因为触动了那样的痛处，媒体嘛。

"陈玲，我想与你好好处，你能不能再考虑一下。"姚哥总是那句话。想挽回我都不说爱我，要我？

我接到姚哥的电话就开始烦，非常痛苦。女人有时候其实是渴望男人能够主动的，当然对于不喜欢的男人最好不要太主动。姚哥跟我相处那么久，从未主动吻过我，也不敢牵我的手。但他带我出去应酬时却爱把我介绍成他的家人，好像我必须嫁给他似的。他的那些举动让我觉得我只是他的结婚对象，而不是他的爱人。对于我这样的女人来说，自己有本事养活自己，结婚永远是次要的考虑。

　　我的李凌琛不一样，他明确地告诉我他有自己的同居老婆，但他还是霸道地要我，我就喜欢那种感觉。在李凌琛这个小眼睛花样美男面前，我有一种空前的满足，我是一个男人欢迎的女人，纯粹的女人，这种感觉就是李凌琛为我勾兑好的毒药，让我越陷越深，欲罢不能。

　　爱情这东西，真得太伤人了。他开始带着我去看电影，但我们看的电影不是《夺命蜂巢》就是《我，机器人》，全是些不吉利的片子，好看是好看，但太过惊心了。我们也想过看爱情片，但我们是偷情，偷情就得抓紧时间，结果就只有碰到什么片子看什么片子了。

　　"乖乖，我们能不能看一些浪漫的片子。"再一次来到东方世纪电影城，我不禁有些郁闷地问他。

　　"妹子，看浪漫的有啥意思嘛，我不够浪漫吗？我就要选这些恐怖些的电影，这样子你一害怕就会往我怀里钻，我就又多了一个机会抱着你了噻。"

　　我鼻头一酸，忍不住又想哭……

　　12月初，天好冷，早晨起床，我看见老妈买的萝卜干就馒头，竟然一阵吐……老妈用异样的眼光看着我，我赶紧解释，说我昨天有应酬，酒喝多了，老妈也就没再说些什么。

　　虽然以前跟肖鹏从未出现那种情况，但我听石兰说过，买张试纸，有两道杠就能说明问题。我在路过公司附近的药店时红着脸买了好几张试纸，然后偷偷拿了个纸杯躲在卫生间的小隔间里做试验。"老天保佑，老天保佑，不要有事"，做完试验，我闭着眼祈祷了半天，但呈现眼前的两道红杠让我一下呆住了。

我想找李凌琛，可他的电话要么打不通，要么不接，我就一个人在紫云花园附近转圈圈。我不敢回家，我这个样子，回家肯定又要吐，总不能接连两天都喝醉，老妈可不是什么傻子。

我在李凌琛的家门前坐到晚上十一点半，一遍一遍地拨着那两个熟悉的电话号码，可他没有接，我不知道该怎么办，然后，我看见保安奇怪的眼神，只好走到前面的清水河大桥上坐下。

夜已深，他的两部电话都关机了，我除了哭泣，实在没有别的办法，我虽然穿着大衣，但脚下是单薄的丝袜，我在河边发抖，我不知道这样子是为了什么……

手指因为不断地拨电话已经有些麻木，像周杰伦打的发短信的广告，长时间地保持着拨电话的姿势，不能还原。想了半天，我要折回去，我不想再这样子下去，我把那双睡觉也戴着的白井手套放在他的"Mazda 6"右边，然后写了个纸条说我第二天手术，放在Mazda 6 的左边。

好不容易熬到第二天早上，我给他电话，这个家伙不知是故意装傻还是因为别的什么原因，他居然不明白我要做什么手术，只是祝我平安。我只得一个人前往医院，好像是给杜红霞做手术的医院，想不到我也有今天……

手术说是无痛，但过后是一阵空洞的痛，犹如身上的骨头一根一根给拆了下来。我再次给他打电话，问他知不知道我做的什么手术，两个字的手术，他好像明白了，让我先找个地方住下。我不敢回家，只得再次来到西大街的916。一整夜一整天的痛，深夜了，我以为他会来，跟他打了电话。

听到我的哭泣和呻吟，他在电话那边是长久的沉默，然后就是说他在派出所值夜班，来不了。我只有不断地哭泣。我已经没了力气，不想吃东西，好想他能拥着我，但电话那端是长久的沉默，我要他吻我，但隔着电话的吻是那样的虚无飘渺。

我终于在916的一个房间晕了过去，是服务生把我送到附近医院的。虽然那是个小手术，但我最后因为护理不当而导致生命垂危，我不得不住院，医生说我撑不了几天呢，可李凌琛下夜班后就在家里睡觉，始终没有浮面。

家里已经乱作了一团，本来与李凌琛瞎搅就是不正常的感情状态，现在还出了事情，前男友肖鹏再不对，也不至于这样的狠心。由于是第一次做流产手术，我的父母开始不断地生气，李凌琛越不浮面，父母越生气，而我则不愿说出那个人是谁。

父亲开始找朋友打听，不是为了抢救我所需的那几千元钱，而是因为作为一个男人的愤怒。自己的女儿，为了一个男人受了那么多罪，那个男人居然不来照顾她一下。

我知道，依我老爸的混混脾气，李凌琛很可能会把工作耍脱，而警察，是他的最爱。所以，我一直咬紧了牙关。第三天，是医生的危通知书说的最后一天，我打了半天的电话，都未能找到。

我想如果我撑不下去了，那么我拼了命也要见他最后一面。我穿着那件鲜红的羊毛外套，想把苍白的脸映得气色好一些，然后，我对父母说让我出去走走吧，若撑过了就算命大，撑不过就算了。

然后，我扶着墙，慢慢地下了楼，叫了出租车，其实从我家走到紫云花园是走不了多久的，但我根本没有了走路的力气。

看到那扇熟悉的窗户，我想退缩，但最后还是按了门铃。他妈妈说他不在，我看见那辆我与他曾经缠绵无数次的 Mazda 6，想他可能是害怕惹麻烦，不想见我。我折回身，再次按了门铃，依然不在。

我坐在他家门口的小凉亭里，天空飘着细雨，很冷，单元门开了，他妈妈和那个看起来纯情、但经不起推敲的女子出来了。

"他真的不在。"他妈妈对我笑了笑。

我继续在冷风中坐着，反复拨打着电话，终于，电话打通了，但听见的却是他的一阵叫嚷，"我本来想今天约你的，结果你直接杀到我家去了，你太狠了吧，这下完了，我老婆要收拾东西搬走了，我们两个也没搅头了。"

是啊，情人是见不得光的。

"我可能撑不过今天了，所以要来看你一眼。"

知道我的情况后，他又换了语气，他让我赶紧去医院治病。

但我已经倒在了凉亭里，手中的电话摔得七零八落，零件散了一地，看着我的惨样，保安来了，扶我到了门口，叫了出租车。坐在上车，我拿着摔坏的电话，见还能勉强打，于是再次拨通电话找他。

但他家里已经乱作了一团，他除了在电话了安慰我，让我赶快去医院外，没有别的说法了。我的心中已满是无奈，但我明白，他也是没有办法的，我更明白，非常清醒地知道，我是爱他的，在我昏迷在医院，只剩最后一口气的时候，我发觉，我最挂念的还是他。

因为那件事，我们有那么一段时间没有联系，两边家里都很乱。老爸坚持要查，我只有以死相逼，谎称自己在外面喝醉了有一夜情，至于那个人是谁，我连样子都记不住了。

几番折腾，我的神经已有了些障碍，仿佛已经为爱发了疯，我的脑子里全是李凌琛的影子，对于其他男人，全然没了兴趣。

我们半个月没有联系了，我拨通过两次他的电话，他在电话那端很无奈，他毕竟还是个大男孩，这样子的事情，他是断然不知如何应付的。

我在家里闷了半个月，上网，看书，养身体，白井手套已经不在了，惟一能够想他的东西是一些电影票，这个浪漫的家伙，每次买完电影票就让我留着做纪念。还有就是他送我白井手套的一些包装纸。

几厘米见方的电影票上写满了"李凌琛，乖乖，我想你"的句子，那是我的宝贝。最毒的男人就是让一个女人为他又爱又恨，李凌琛就是那样子一个人。不论出现何种情况，我都无法放下他，爱他，爱得没有办法。

既然神经上有了障碍，那就不管了，既然不能有完美的婚姻，那我就要爱吧，纵然遍体鳞伤，我还是爱他，伤好后，我还是到华福派出所去找了他。

半个月没见，他还是那样邪气的迷人，即使穿着一身制服，他的同事飞机哥笑我，"美女，到派出所报案嗦，半个月没浮面，是不是被人强奸了？"

我努力挤出一些笑容，"说哪儿去了，生了点病，养了半个月，碰巧路过派出所，就过来看一下帅哥噻。"虽然在与飞机哥说话，眼睛却定定地望着李凌琛。

他的脸色有些不自在，毕竟他是警察，毕竟这是派出所。

"陈姐，我们所上帅哥暴多，个个都是帅哥，你要看哪个嘛。"他开始配合我，为的是掩饰我们之间的关系。

"看你噻，满足了吗？我想找你们同学谈笔单子，你看有空的时候帮我约一下。"派出所毕竟不是久留之地，我为自己留了条后路。我想，如果李凌琛真的爱我，会给我电话的。跟他的同事打了招呼之后，我独自到了西大街，开了房间，我要等他下班。

晚上七点，李凌琛换好衣服过来了，小别胜新婚，我们再次疯狂做爱，我已经不想管他是不是爱我，有这样一个邪气的男人与我做爱，我觉得是我的福气。我们再一次搅在了一起。

我爱他，无条件的爱……其实，爱情来了就要上，纵然会痛，但那是爱过之后的痛。

10

杜红霞惊恐地说："陈姐，救我"
爱情变了质
带来的伤害是常人无法想象的疯狂
李旭然得不到初恋情人的伤
在杜红霞身上得到了令人发指的体现

"陈姐，快救我，我要死了。我没有别的法子了，只有你才能救我。"电话那边，是杜红霞焦急的声音。这个女人，啥子都变得快，就是那一口雅安土语，跟了李旭然那么久了也没有变，让我一听就听出来了，幸亏她会讲普通话，要不然李旭然的脸可真的丢尽了。

与李凌琛再一次缠绵偷欢的我正在做床上必做的功课，想念我亲爱的李凌琛。杜红霞就在一大早急慌慌地打来了电话。杜红霞没有讲什么原因，只是不停地哭泣。想着的我工作，我的六十万大单有杜红霞的功劳，我还是决定去看一下这个许久没见面，被我一手安排了后半生生活的女人。我以为她可能是生病或者是其他什么事情，但没想到我却看到了我最不愿看到的一幕。

　　来到逸都花园那个漂亮的错层公寓内，客厅墙上，挂着杜红霞与李旭然甜蜜的合影，刚进门，就听见杜红霞的惨叫，她的父母，两个老实巴交的农民，一见到我就像见到救星一样，拉着我的手不放。"陈玲妹子啊，你一定要救我们家红霞，好不容易成了城里人，过起了不愁吃穿的生活，咋个染上了那个我们在电视里才看得到的东西。"两个老人家说着说着竟然扑通一声给我跪了下来。

　　我扶起两个老人，来到了杜红霞房间，她还是那么美丽，但是很瘦很瘦，脸色如纸般苍白，正在房间里打滚。

　　我想说些什么，但手却不自觉地举了起来，"啪!"我一耳光向杜红霞扇了过去。我抓起她的手臂，那上面全是密布的针眼，看样子，杜红霞的毒瘾染得不轻。我不明白杜红霞为什么好好的日子不过，染上了那个东西，那样子，李旭然迟早有一天会一脚踹了她的。

　　"陈姐，不是我愿意这样子，是李旭然搞的啊，他不是简单的生意人，他龟儿子的与黑道有染呵。他走哪去都带着我，我晓得的东西太多了，他跟我睡觉都带着把手枪。"杜红霞边哭边说着。

　　虽然屋内空调开得很足，她还穿着厚厚的棉睡衣，可仍然瑟瑟发抖，涕泪横流。我想知道事情的真相，我想知道李旭然这个优质男人的背后，更重要是因为李凌琛，这个让我爱之入骨的男人。我给在武侯区一个乡镇医院工作的堂妹打了电话，说我的朋友身病急需止痛。两个老人家急匆匆地打车从妹妹那里取了药过来。看到那管针药，杜红霞的眼中满是贪婪，毒品的危害我只是听说，眼前这个曾经活色生香的人间尤物，变成了一个狼狈不堪、犹如僵尸般可怕的人，不应该说是人，应该说啥子呢，就是一个说不清楚、无法形容的东西吧。随着杜冷丁缓缓进入杜红霞的静脉，狂躁的杜红霞逐渐安静了下来。这时候，我才发觉杜红霞的手臂已经变形了。太怪了吧，不过才几个月的时间没有联系，我一下子愣住了，不晓得该怎么办。

暂时安静下来的杜红霞给我讲起了李旭然这个"优质男人"的幕后故事。搬进逸都花园的杜红霞暂时与父母一起过起了大概三个半月的快活日子。李旭然没有让杜红霞做事，他说自己的爱彤应该像个公主般被他宠着。杜红霞每天就是拿着李旭然给的钱买东西，逛街，悠闲而舒适。如果李旭然有空，他就会隔三差五地来逸都花园过夜，有时候，也带着杜红霞四处应酬。

此时的杜红霞，已经完全把自己想成了真正的川大毕业生，为了掩饰自己的雅安口音，她用一口标准的普通话与李旭然一起出去应酬。但物极必反，平静的水面下必然是暗涌起伏。有一次，李旭然带着杜红霞和一个朋友在羊西线大溪地茶楼洗脚，她隐隐听着李旭然在跟那个男的说："如果这单生意抢不过来，明天贺虾子要到紫荆喝茶，干脆就直接喂颗花生米把他解决算了。""老公，谈生意还要喂花生米嗦？"云里雾里的杜红霞天真地问道。这次的天真不是她伪装的，连我也不知道那个"花生米"是啥子东西，莫非是高科技的花生米，还能把人解决。李旭然狠狠地瞪了她一眼，那个眼神让杜红霞背心发凉。杜红霞不再吱声，假意闭上眼睛，沉沉睡去。这夜，李旭然破例急匆匆地回家了，他没有送杜红霞，只是为杜红霞招了个出租车。

第二天晚上，被李旭然的眼神吓呆了一天的杜红霞打开电视看新闻，现在媒体竞争也算厉害，几个频道都是第一时间第一现场的抢着报道。

"今日下午三时许，一名30多岁的男子在紫荆小区一茶楼外被击毙致死，警方初步查明，男子姓贺，为一建筑开发商。"贺虾子？看到电视里那个躺在地上，脑袋往外不断淌血的男子，杜红霞不禁心中一紧，难道，这就是李旭然抢生意的办法。讲到这里，我也明白了那个所谓的"花生米"，就是与花生米形状类似的子弹。新闻还没放完，李旭然回来了，看到李旭然，杜红霞像猫一样缩到了沙发的一角，她想换频道，可捏着遥控器的手凝在了半空。看着电视，李旭然什么都明白了。

　　换好鞋子后，他走过去，"啪"地一声把电视关了，抱起杜红霞进了房间，杜红霞的父母是个老实巴交的农民，他们觉得这个五十万的大房子写的女儿的名字，女儿就是李旭然的人，所以他们在李旭然面前与其说是长辈不如说是个仆人。一般情况下，李旭然一进屋，如果不吱声，他们多半会知趣地躲在自己的小房间内。李旭然像扔一堆棉花一样把杜红霞扔在床上，然后把房间内的电视声音开到最大。

　　"你妈的 X，你狗日的瓜婆娘，你给老子听到起，老子喜欢你，是因为你现在还年轻，还算漂亮。老子现在供你吃，供你穿，你就要老实点，啥子都不准说，要不然有你好说的。"接着，李旭然第一次异常粗暴地将杜红霞的衣服撕了个稀烂，他先是没有任何前奏的狠狠地做着，还让杜红霞发出愉悦的猫叫，然后就开始狠狠在杜红霞身上咬着，全然忘了先前要宠爱杜红霞的承诺，只到杜红霞连连求饶，答应自己随便李旭然胡乱折腾才罢休。杜红霞给我讲述这些的时候，浑身忍不住发抖，杜冷丁已经起了应有的作用，从杜红霞的再次发抖，我明白了杜红霞受了怎样的伤害。"他妈的，我卖的时候也没有哪个男人敢那个样子烧整。"杜红霞咬牙说道。

　　随后，杜红霞的噩梦便开始了，李旭然一回家就不准杜红霞穿衣服，他让杜红霞的父母搬到了附近的龙爪小区住，那里的房子是拆迁安置房，十来万就可以买一个小套型。老实巴交的父母以为李旭然是好心，给他们老两口提供方便，哪里知道李旭然是想变本加厉地折磨杜红霞。

李旭然让杜红霞光着身子在他面前走来走去，为他脱鞋，为他搓脚，"你不晓得吧，我高中时喜欢的那个女生与你长得一模一样，老子追了她两年，她就是不接招，嫌老子是个混混，现在开同学会她都不浮面。你是幸运的，与她长得一模一样，但你也是不幸的，老子只有把你当成她，我要找回当年的失落感。"李旭然很奇怪，每次折磨杜红霞，他又开始把大把的钞票或是珠宝送给杜红霞，说自己其实是压力太大，需要放松而已，所以他有时候会做得过分一些，但他是爱杜红霞的。所以杜红霞最终没有离开李旭然，她想在一个男人面前出丑，总比在酒吧里幸苦好些吧。

李旭然随身带一把手枪，与杜红霞做爱时都会把枪压在枕头下边。这一点，杜红霞一点也不觉得奇怪，李旭然是身家上千万的大老板，有支枪很正常，她在酒吧里接触的那些男人也有很多都有枪的。

可能是太在意高中时的那段未成功的初恋情怀，可能是压力太大，李旭然折磨杜红霞越来越上瘾。在再一次被李旭然折磨后，杜红霞愤怒地吼道："李旭然，你给我听到，我爱彤现在要与你正式分手，这套房子是你送给我的，我陪了你那么久，你从我身上得到的也够多的了，我现在要求与你正式分手。房子不会还给你的。"

"你敢离开我，老子一枪毙了你。"李旭然居然把枪对准了杜红霞的太阳穴，当时杜红霞正好站在窗边，两人尖利的争吵声又在高尚小区显得特别刺耳，邻居很快拨打了110。两人就那样僵持着，李旭然的手枪还没有放下，110已经来敲门了："房内的男子，不准开枪，快开门，我们是110，我们已经在把这里控制了。"

"110救命，我老公要杀我。"杜红霞尖叫道。李旭然不愧是商场老手，在不到一分钟的时间内已经把枪藏进了天花板内，这个时候，杜红霞才发现自己只是床上功夫数一数二外，在李旭然这个江湖老鬼面前，确实过于天真。那个活动的天花板内还有一把一模一样的塑料手枪，但吓坏了的杜红霞却没有发现，当时李旭然一边推开她一边拿起铺盖把杜红霞遮了个严严实实。

110踹门而入，冲进卧室时，李旭然正假惺惺地抱着杜红霞，"我的小公主，我那个是塑料手枪嘛，你怕啥子嘛。你喊110检查给你看嘛。"说着，李旭然把手枪递给了110。

"警官，我跟我的小情人闹着玩呢，她就喜欢这些暴力游戏，对不对，小公主。男人嘛，条件允许，哪个没得丁点花花肠子。"李旭然的身份显然是毋庸置疑的，巡警匆匆作好登记后离开了现场。

第二天，锦江晨报的独家头条就是这件事，"富豪情人吵架，拿塑料枪开心"稿子是陈倩写的，当然因为李旭然属于公众人物，用的是化名，配的漫画。

当时正好在武侯区公安分局巡警大队采访的陈倩是跟着巡警一起到的现场。她从杜红霞惊恐的眼神觉得那肯定不会是塑料手枪，凭她的采访经验推测，作为有着亲密肉体关系的情侣，如果不是真枪，是不会有那种眼神的，但活生生的现实摆在面前，她也只敢推测而已。

当时，她还给我打了电话，问我李旭然的为人，我笑着说："李旭然是个优质男人，他和杜红霞是我一手布的局，放心，没得啥子的。"我还给杜红霞打了个电话，笑她混了那么久居然还要装纯情。

"陈姐，你知道吗，110和记者刚走，李旭然就把那个天花板打开了，真枪就在天花板里面，那个男子，心思太缜密了，怪不得能挣那么多钱。"之后，李旭然打了个电话，很快来了两个小伙子，李旭然只是使了眼色，两个男人就把杜红霞按在床上，然后，给杜红霞注射了毒品。"现在，你是个废物了，老子也玩腻了，兄弟，赏给你们耍一会儿，作为你们的辛苦费。死婆娘，还把110和记者招来了，有福享不来，老子让你尝一下那些滋味。"

之后，早已对杜红霞的美貌流口水的两个男人就在李旭然的面前轮流把杜红霞折腾了个够。"陈姐，你打电话来时，我刚被那两个男人整完，啥子都不敢讲。如果当时我聪明一点给你点暗示就好了。"事后两三天，李旭然都没有来逸都花园，也没给杜红霞打电话。

一开始，杜红霞以为自己能挺过毒瘾，但她高估了自己，毒瘾缠身的她最后像狗一样给李旭然打电话。李旭然答应了却但没有出现，这次换了一个拣垃圾的老头。他手里拎着针筒，口水滴嗒地对刚打开门的杜红霞说："嘿嘿，小姐，一个开高级车子的男人让我把针筒拿给你，但要你先让我耍个够。"

已经被毒瘾折磨得如万蚁啮心的杜红霞哪顾得了那么多，她一边发着抖，一边咬着唇，点了点头，让那个脏老头跟她进了房间。

然后，她默默地脱掉衣服，泪水忍不住再次滑落。

拣垃圾的脏老头在逸都花园做了一个美艳少妇，许多人都以为是编的笑谈，传到我耳朵里时，我也不相信，但杜红霞说出来了，我信了。"陈姐，我的噩梦才开始，我可能活不长了，陈姐，你见识广，你有头脑，你一定要查清李旭然是什么来头。"

11

爱或者不爱
只有至死之时才能明白
我的情人呵
虽然被你千般折磨万般辜负
但让我在临死之前刻上你的名字
只因为，你是我的爱人

走出逸都花园，心里边乱糟糟的，我以为三方皆赢的东西，怎么成了这个样子，我搞不清楚了。难道真的是越繁华的背后越肮脏，见不得人的东西越多。我想放弃，但又没有办法放弃，我需要一个人帮助我，但找谁合适一些呢？

陈倩，对，只有找陈倩，她不是在做暗访吗，她一定有办法解决这件事。我急匆匆地拨通了陈倩的电话，我不敢在双楠，也不敢在建设路，在哪儿好呢，李旭然的生意做得太大，不晓得他要在哪儿出现，结果，我们最后竟然在陈倩报社的吸烟室聊了起来。

"你说的那些，都没有证据，都是孤证，警方要证据才能立案，李旭然这个老江湖，可不是哪个想碰就能碰的。"陈倩以专业的口吻给我分析着。

对呀，证据，我这个法学研究生咋个连这点头脑都没有了呢？首先，李旭然只是偶然与杜红霞住在一起，其次，杜红霞的本身身份是一个酒吧女，社交复杂，染上毒品再正常不过了。关于那次持枪事件，隔了那么久，李旭然完全可以说是杜红霞从他那里敲诈不到钱编造的东西。"那该怎么办呢？"我不禁为自己的天真幼稚扯起了头发。"李凌琛，你的男人，从那个小帅哥入手，看一下从他那里能否套出些什么话来，或者是那个行政经理张家辉，可能他那儿也有些东西。我现在的线索只有外围的，只能说紫荆和五块石的枪案受害者都与李旭然有生意上的关系，但是证据还不算充分，对于这个暗访，我的准备期限本来就预计的是三个月。"

又是李凌琛，这个让我心痛的男人，我不想利用他，我只想与他保持那种单纯的情人关系，我爱他，我再清楚不过了。但如果不利用李凌琛，我又该从哪里入手呢？我能不能放弃，李旭然是否与黑道有染，其实不关我的事情，杜红霞虽然现在结局很惨，但两套房子肯定够他的父母吃一辈子的了，这就是代价，我一遍一遍地为自己寻找着放弃的理由。我太爱李凌琛了，对于我自己不能预见的未来，我只有把握好身边这个男子，哪怕是心碎的情人，我也甘愿，我必须让自己退出百瑞集团那些乱七八糟的幕后故事。陈倩要做，那是她的职业，如果李旭然被拖下马，那么陈倩又可以再一次八方闻名了。我没有答应陈倩的要求，独自回家休息了。

正当我在床上胡思乱想时，李凌琛的电话来了："妹子，我还在值班，单位里头好冷哦。"这小子，知道我疼他，又跑来诉苦了。情人与老婆不一样，男人之所以需要情人，是他需要在情人面前展示自己脆弱的一面，老婆是他照顾一世的对象，他在老婆面前必须坚强。这就是情人与老婆的区别。

"跟着你老爸混噻，当啥子警察嘛，一个月才一千多元工资。"我跟他开着玩笑。

"我爸说我警察的门道都没吃透，还要做生意，现在做生意好难哦，黑白两道都要搞定。我才二十三岁，其码还要当几年警察我爸才能让我出去。"李凌琛的语气满是无奈。"你才二十三岁，我以为你至少都有二十五了，只比我小一点。"说来好笑，我从未问过李凌琛年龄，"我们那样的家庭，从小黑白两道的见得多了，逼着我早熟。"黑白两道，难道百瑞的生意真的与黑道有染，我似乎看到了冰山一角。我与李凌琛的谈话从来是东一句西一句的，什么时候睡着的我自己都不知道。

第二天，我是在老妈急促的敲门声惊醒的，没有急事，老妈一般不会那样急着叫我起床。"玲玲，快起来，你看那个女娃儿是不是在我们家住过的，名字都一样，杜红霞，你赶紧起来看一下。"

听到杜红霞的名字，我一个机灵，骨碌碌地从床上跳了起来，接过老妈手中的晨报，封面上，是杜红霞在双楠一俱乐部内倒下的照片，她穿着一件羊毛开衫，里面是那件我带她第一次见李旭然时穿的淑女屋衬衫，披着黑色的长发，面容依稀娇好，旁边是一个针筒，触目惊心的大字："妙龄女会所吸毒致死，现场不知谁是真凶手，警方初步判断此女名叫杜红霞，曾在美高美等处销售过酒水。针筒是其自己带到会所来的，具体情况警方还在进一步调查……"

看着那张照片，我想起了那个想脱胎为爱彤的酒吧女，想到了美高美吊带装上那个闪亮的回形针。虽然与这个女人认识才几个月的时间，但我从与她寸步不离的七天魔鬼训练可以感觉到，杜红霞想化身为爱彤的决心。我想起了刚做完假处女膜的杜红霞，她一脸的娇涩，仿佛自己已经与过去彻底告别。新闻里还说，杜红霞还是一个痴情女，还在布满针眼的手臂上刻着"爱彤 & 旭然"这些复杂的字，这些是用钢笔硬刺上去的，歪歪扭扭，很粗糙。

然后就是曾报道过假枪案的陈倩连夜采访李旭然，李旭然的回答很有分寸："我与她有过一夜情，那是我喝醉了一时糊涂，我承认，她太像我高中时暗恋过的初恋情人，所以在一次应酬中我一时糊涂与她发生了关系。但事后我认识到了自己的错误，我已经向我的家人做了检讨，并早就向其明确表示不可能，希望她能开始新生活。没想到她竟然用那样极端的方式，爱情不是能强求的东西，我希望每一个年轻人能够自重自爱，更不能沾上毒品。"陈倩这个老辣的记者步步紧逼，竟然未能找到李旭然的半点破绽。

我把自己关了一天，我向吴建平请了病假，我把手机关了一天，嘱托老妈老爸找我的任何电话都不接。我不敢马上去看杜红霞，虽然我知道她那什么也搞不懂的双亲一定在着急地等着我指点，但我连自己的结局都无法指点。我想起了自己与李凌琛的关系，现在是因为李凌琛是一个小警察，如果他回百瑞做生意，那么我的结局会是怎么样呢，是不是会与杜红霞一样惨。李旭然，那个优质男人，那个穿正版杰尼亚T恤，眯着李家传统的勾魂小眼睛的中年男子，你会心痛吗，为那样一个女人？

杜红霞最后葬在了磨盘山，她的双亲把那个五十万的豪宅租了出去，在外双楠龙爪小区，如果你留意，就会看到那对老态的夫妇，像神经病一样，遇见漂亮女孩就向人家发放毒品危害宣传的书，他们有着每月数千元的租金，在农村生活惯了的他们根本不知如何在一个月花掉那几千元钱，于是便买了许多禁毒宣传书，在闹市散发，杜红霞被警方认定是自己吸毒过量致死的，与他人无关。老两口便把女儿的死归结于毒品，他们希望每一个如花的生命都不要走女儿的路。

在杜红霞的七日祭辰，我决定去看一下她，我买了一束香水百合送给她，才早晨九点，杜红霞的墓前已经放了一大束滴着露珠的红玫瑰。这么早，会是谁？李旭然！这个念头一闪过我就立即回头，山下，那个熟悉的沃尔沃正向远处驰去，这个狡猾的男人，又一次成功地逃避了媒体的追击，他知道，不甘心如陈倩记者之流一定会在这几天找料，所以一大早放了花就跑了。我的泪水再一次为这束如旭日升燃的红玫瑰而湿润，爱彤＆旭然，杜红霞啊，天堂里，可有你想上的大学和爱情？

12

如果两人级别相当
那么即使较量也是相当优雅的
让人以为只是谈话
只有当事人自己才清楚
那是怎样的较量

经过这一番折腾，我彻底把自己的脑袋给弄迷糊了。我想起了没有改造之前的府南河，我想起不久前在那个万里号的人造船上的会所里，不久前也是一个男子被一枪毙命，杀手是专业的，只一枪，便击中了头部。那个会所修的相当漂亮，比起以前没改造之前老南门大桥下的茶铺豪华了数十倍，但却没有了茶铺那种安逸和闲适。凭我的直觉，我觉得李旭然是人在江湖身不由己，而且与百瑞集团打交道以来，我明白，李旭然做的生意确实还是正当生意。

不管是杜红霞还是李旭然，都没法阻挡我的生活，我还得继续活下去。我决定暂时封存一下那段时间的回忆，认真做好自己的工作。年底了，多做一些事情，也好多拿些奖金，自己多挣些钱，免得如杜红霞那样惨，要想靠男人，同样是需要付出代价的。

刚从磨盘山回到办公室，前台接待小姐就交给了一束与杜红霞墓前那束玫瑰一样红艳一样新鲜的红玫瑰。我像接过手榴弹一样接

我们就这样拿捏着分寸，小心翼翼、姿态优雅地吃着西餐。我知道，我们两个都有各自的心事，我与李凌琛的地下情，李旭然肯定是不晓得的，我要继续爱我的李凌琛，要做我的生意，就不能得罪李旭然，而李旭然一定知道杜红霞死前肯定对我讲过什么，所以他才向我求证，但找不到证据，他就只能间接地威胁我不要乱说了。这是我吃的异常艰难的一顿饭，虽然这个地方离我家只有十分钟车程，但我想我那个温暖的窝都快要想疯了。

13

今天又是无精打采的一天，幸亏销售部的员工工作还算努力，要不然我这个快要疯掉的混混销售部经理可能真的混不下去了。我不知道下一步又会看到些什么，我根本不敢想，我甚至好几次都没接李凌琛的电话，直到把他急死，才接。我真的不愿再搅进那个烂圈子，我想过石兰那样平静的生活，无惊无险，与相爱的人生一大堆儿子，过自己的幸福日子。我发觉，我真的比杜红霞好不到哪里去，我与李凌琛同样不可能，我不过是时不时与他偷情的搅家而已，他说过，和我做爱，是一件很舒服的事情，我可以让他放松。

撑到下午六点下班，陈倩开着与她一样张扬的QQ等在了公司楼下，那辆红色QQ上画了几朵大花，让人看着全身毛孔不禁舒展开来，第一次看到这辆QQ，我把这个想法说出来时，陈倩还是张扬地回答："对了嘛，毛孔张开，精神昂奋，正好做爱，搞男人嘛。"

面对这样一个个性张扬，这样一个自我的女子，我除了用猛女来形容她，实在想不到有什么好词语，唉，真想有她的快乐心境。

猛女就是猛女，我还没在车上坐稳，陈倩已经一阵风似的飞到了华阳，小QQ七弯八拐进了一个小巷巷里头的茶馆，却只是靠在边上。陈倩丝毫没有下车的意思。

"我太阳，龟儿子李旭然已经把你盯上了，我0.8升的QQ已经发挥了最大动力，幸好车身小，扭得快，才把那个跟在后头的桑塔纳甩掉了。还是不下车算了，如果李旭然的人来了，我立马开闪。"记者就是记者，把"我日"改成了"我太阳"，既表达了想要表达的原意，又显得文雅，他妈的我以后不说我日了，说我太阳。

这个重庆美女不光会搞男人，她的笔记本里是厚厚的一叠证据。万里号被枪杀的男子，紫荆小区被枪杀的男子，还有五块石中药材市场发生的十余男子持枪闹事案，都与李旭然的生意有着千丝万缕的关系，而且这些事件过后，李旭然的百瑞集团都会签下一个大单。从这些证据，我知道，李旭然的生意竞争对手很多，于是，他便花钱找了黑道，以暴力或害人的方式将生意对手摆平，使自己的资本再一次增加。虽然李旭然没有直接参与杀人，但他与黑道有着千丝万缕的联系，并且涉嫌不正当竞争。"有证据，你就做嘛，美女，不要逼我这个混混了，我没你那么伟大。"我央求着陈倩，我不想扯进那些是是非非。我知道，自己本来就见不得光的情人关系，再扯进那些是是非非会出现什么的结果。

"不，杜红霞的局是你设的，你应该知道杜红霞是怎么死的，我还需要你做一次证人，证明杜红霞的死与李旭然有关，我已经找到杜红霞死的那晚的目击者，有人曾看经过李旭然在会所出现过，而且你住在双楠，你听过还见过那个捡垃圾的老头摆过他干杜红霞的事情，这也可以间接证明李旭然逼杜红霞吸毒。"陈倩不依不饶，这女人其实与李旭然一样可怕，也难怪她千辛万苦考上研究生却读了一年就不读了。这样的女人，应该在社会上不断地摸爬滚打，磨出她的锐气。枯燥简单的研究生学习，只会减少她的锐气，磨掉她的灵性。

提到拣垃圾的老头，我才想起已经好多天都没有见过那个死老头了。莫非那个死老头也出了意外。

"快！上你们报社的网，翻一下前天的报纸！"我焦急地催着陈倩。网站打开了，在杜红霞死的那篇报道下，是一个拣垃圾的老头在清水河不慎失足淹死的报道。是他，那个经常在双楠一带向清洁工和同行炫耀在逸都花园白把一个美貌女子折腾了半天的人。那夸张的表情我记忆犹新，我不禁痛苦地闭上了眼睛。

"死老头，有了那次艳遇，死了也值得了，只是可惜又少了个证人，李旭然，你真他妈的厉害。"陈倩的话语冷冰冰的，这一切与她没有关系，她关心的是她的稿子，而我是个局外人，面对这一大堆的事件，除了想办法逃，还能有别的选择吗？

14

常乐未央，这古怪难懂的词
亲爱的，你讲与我听，我只听常乐未央
你是我的爱人，我要一生一世与你痴缠
常乐未央，不要拒绝这个词
爱一个人太深，就拒绝不了常乐未央的愿望
爱一个人太深，至死也想着常乐未央这个词

常乐未央，这是我惟一的愿望
亲爱的，你讲与我听，我只要常乐未央
你是我的爱人，我轮回的生命只因你精彩
爱一个人太深，就拒绝不了常乐未央的愿望
爱一个人太深，至死也想着常乐未央这个词

"陈玲，你不能逃，你心爱的李凌琛也搅了进去，你必须作证，才能救你的爱人。"陈倩又扔出了一叠证据，这个死女人，做了记者就犯了职业病，抓住一个人就不愿放手。

我拿起那是宇昕集团的资料，宇昕集团是百瑞集团的主要竞争对手，两个集团实力相当，只是百瑞集团的历史要久一些而已。老板刘宇昕是圣灯乡的农民，抓住了机遇，做建筑生意起家，然后又涉足高科技产业，与百瑞集团展开了公开的竞争。宇昕集团是我明年的攻坚目标，本来想今年做他们集团的业务的，温江那次开会我还邀请了宇昕集团的行政部经理参加。之后也去过宇昕两次，递交过企划书。但之后因为李凌琛的出现，打乱了我的全部计划，我忙着与李凌琛偷欢，把生意交给下面的员工打理，所以对宇昕集团的了解不太深。不过，成都的生意人都知道，刘宇昕与李旭然，两个人是永远坐不到一起的死对头，但生意归生意，与我的李凌琛又有何干系？

"死女人，不要吓我，宇昕集团与我的李凌琛有啥关系？"我把宇昕集团的资料扔到了一边，我希望陈倩说她是吓我的，我真的不希望我的爱情会出现什么不测。

"关系大着呢。"陈倩不急不缓地讲道，毕竟是她的身外之事，她的语气永远没有任何感情色彩。原来，李旭然家虽然有三兄弟，但真正得力的家族继承人应该是李凌琛，因为李旭然的儿子年仅十一岁，要进入复杂的生意圈，还要等待多年；李凌琛二爸家是个女儿；而李凌琛，最多再过三五年便可协助父辈打理生意。所以，宇昕集团为了控制未来几年的电子产品和矿石产品市场，必须置李凌琛于死地，使李家元气大伤，他们集团才可趁虚抢走李家的生意，吃掉百瑞集团，成就市场的霸业。

"你一个小记者，哪来的这些乱七八糟的证据?!"我宁愿把这些东西想成陈倩胡编。"我喜欢男人，而男人以为我爱他们，毕竟俺是个才女加名记嘛，所以我的社会圈子就又多又广，对，又多又广。而我做了近三年的政法记者，跑了很多现场，在这几次枪案采访，我都留意收集着千丝万缕的证据，然后顺藤摸瓜，就抓到了我想要的东西了嘛。但是你的爱人李凌琛，除了让他小心，我确实没有办法，他即使死了，最多也只抓个涉黑团伙的替死鬼而已，对宇昕集团一点伤害都没有。警察又怎么了嘛，一个派出所的小刑警，不像分局刑侦，牵得倒好多大案子嘛，最多是误伤。我即使晓得，也没有办法，法律可是讲证据的。在那个持枪为百瑞集团和宇昕集团卖命的两上涉黑团伙没能打掉之前，李凌琛必须小心。"陈倩的话让我一阵心紧。

我拿起了电话，我要找李凌琛，这个不知我爱他的笨男人。我的心一阵紧张，一紧张，拨着那熟悉的 11 位数的手就不禁有些发抖，泪再一次流了出来。李凌琛，你这个傻瓜，好好地养着你的小老婆，干吗要来跟我瞎搅，你不晓得我是一个感情动物吗？

"你在哪儿，我现在必须马上见到你。"我一改往日的温柔体贴，非要李凌琛过来陪我。我的心中除了李凌琛，已经装不下任何东西了，我知道情人必须温柔，不能把自己当老婆，但感情一深我就什么都忘了，只想着找他。

陈倩说她的报道还要收集一些录音证据，在这三天时间里，我必须随时守着我的李凌琛，我不能让他那么年轻就失去了生命。

我三年的法学研究生经验告诉我，陈倩的暗访，绝非她说的那般简单。要想与警方同步取得线索，甚至早一步，那陈倩除了打入黑道内部，在警方也一定有内应。

在与陈倩告别之前，我软磨硬泡地让这个死女人终于说了老实话。这个经常搞男人的女人最终对李凌琛的生死搭档小胖搞动了心，那是一个跟 QQ 一样可爱的胖小伙，说话跟蜡笔小新一平稳，很可爱。他知道我与我李凌琛的地下情，但一直替李凌琛做掩护。在紫荆枪案死的贺虾子，小名叫镖镖，是簸桥一带的黑老大，关于一些镖镖的内情，其实许多警察都知道。镖镖其实没挣多少钱，几个奥迪 A6 和房子都是贷款买的。他手底下的几个兄弟伙都有枪，主要是帮人摆平生意上的麻烦，自己也做一些建筑生意。陈倩听小胖讲了镖镖的事情，就在枪杀镖镖的那个主犯被捕的稿子里头斗胆写了据说被害人的死与一桩生意有关，结果被害得写了检查，还被报社扣了一千元钱。

心有不干的陈倩决定以那件事为突破口，挖出与百瑞集团和宇昕集团有关的犯罪集团。其实警方也在抓紧破案，因为警方有命案必破的要求，而且陈倩老是报枪案，给警方的压力也非常大。羊西线的银运饭店，那是一个黑道老大聚会的窝子，那个胆大的陈倩，居然混进去当了一段时间的兼职服务员，自然听到了一些线索。原来，五块石的枪案有十余个人提着枪在中药材市场转圈圈，当时几家市级报纸都不准报道，结果陈倩给捅了出来。那十余个人分属两涉黑团伙，其实就是想争五块石药材市场的货运权而已，这是一块肥肉，想要垄断经营，让商家不敢吱声，肯定只有提枪示威了噻。警方在加紧了破案。

关于五块石货运市场的案子，陈倩说虽然两个涉黑团伙都归案了，但她一直认为那两个涉黑团伙背后还有些东西，只是她作为记者，根本无法再去挖一些幕后的东西，她所做的，就是多挖一些猛料，多挣一些稿费。陈倩在她本命年有一句名言："奋斗终生，泡N个好男人。"

其实，在陈倩说来，没有啥子黑道，只是犯罪团伙有那么一些而已，可以称之为涉黑团伙。在整五块石枪案的时候，小胖一个在金牛刑侦的兄弟在审案子时无意中审到了宇昕集团要与百瑞集团伙拼的事情，但具体咋个回事，又没有足够的证据，所以还暂时没把涉及宇昕集团的那个团伙抓获归案。小胖已经答应在工作期间尽力保护李凌琛的安全，而其他时候，就只有我来想办法了。

我不敢对李凌琛说具体为什么，我不想让他知道我布局签下百瑞集团六十万单子的事情，我要在他面前做个傻傻的小女人。我只是以向他老婆摊牌作为威胁，要他天天陪着我，除了在派出所，除了在家里。李凌琛这个坏小子看来最爱的还是他老婆，他答应了我，开着他的 Mazda 6 陪我四处瞎转。他没有钱，他的工资要用来养车和他老婆，而他的老爸老妈因为李凌琛未能按他们的要求选择婚姻早已切断了李凌琛的经济来源，所以我们只能开着车瞎转。

我听人讲过，李凌琛的老婆是个单纯的小女人，刚从川大毕业，不像杜红霞，是我策划包装的杰作。所以我不会对李凌琛提出任何要求。我明白，那个单纯的小女生是李凌琛老婆的不二人选。而且，她比我有心计，她可以理所当然喊李凌琛拿钱用，我不敢，我其实非常想有个男人拿钱给我用，哪怕是一元钱，那是一种满足感。金钱，从某一方面来说，可以证明，男人是爱你的，挣钱不是容易的事情，他要上完一个月的班，做许多事情才能拿到工资，而他肯把自己辛苦挣的钱拿给一个女人用，自然证明这个女人是他爱的女人。

李凌琛不主动拿钱给我用，因为他知道我能挣钱，而我永远不好意思喊他拿钱给我用，即使有些时候我因消费过度出现财政赤字也不好意思。所以我，这个命不好的女人，做情人已经满足了。

2004年平安夜，这是陈倩所说的第三天，她在报社给我打来平安电话，说她正在赶稿子，明天就要见报，警方也将展开调查，两个涉黑团伙将被警方一网打尽，新年就真的平安了。李凌琛说要陪老婆去顺城街附近的教堂守夜，虽然第三天即将结束，我还是有一丝担心，我怕他老婆，那个未谙世事的小女人难以承受突如其来的变故。

"你在家里抱着她过夜好不好？乖乖，你马上回家去，我可以不要你陪我。"我半是发嗲半是命令地说着。

"妹子，你真是善解人意的宝贝。那我陪你去吃钵钵鸡嘛，月底了，钱包干得很。"李凌琛摸着钱包说道。我一阵满足，看来他是爱我的。他家也住在双楠附近，我不想干扰他的家庭，我们到了东门大桥附近的一个巷了里吃钵钵鸡。

辣呼呼的钵钵鸡让我们在寒冬有一丝暖意。

"妹子呀，你咋个老是长不大呢，吃个东西像小孩一样，看嘛，嘴角又挂彩了。"李凌琛一边说着一边温柔地为我擦去嘴角的红油。

的确，我在他面前，永远都像一个长不大的孩子，并不是我真的长不大，我只是想做一个要爱的小女人，在他面前，彻底地放松而已。我享受着他轻柔的爱怜，拿起镜子看他的杰作。

无意间，从镜子里面，我看见背后有一辆白色面包车，车窗打开着，一个黑洞洞的枪口正对着我面前的爱人。这个面包车什么时候开过来的，我们居然没有发现。不详的念头一闪而过，我站起来一把推开了我的爱人，面前放钵钵鸡的小桌子被我碰翻在地，红油、钵钵鸡洒了一地，我背后有一阵钻心的疼痛，我想对李凌琛说些什么，但我倒了下去，晕了过去，什么也不知道了。等我醒来时，我已经躺在医院的病床上，床前，是李凌琛，他的小老婆，还有他的父母，还有李旭然、陈倩、石兰、我的父母。

陈倩递给我一张锦江晨报，"情到深处挺身护爱人"，陈倩的笔法还是那样老辣，她要求编辑把爱人两个字变形放大，似乎在向李凌琛的小老婆挑衅。新闻报道的最后，是成都警方连夜铲除涉黑团伙的长篇报道。

"陈……倩，你写错了，那才是李凌琛的爱人，我和李凌琛是普通朋友，一起吃顿饭而已。"我发觉，我说话时的气息已经很弱了。

说完，我对李凌琛挥了挥手，示意他靠近我，"我估计我撑不了多久了，即使挺过这一关，出院后我也不会找你了，我要对你说四个字，常－乐－未－央。"在边上的陈倩明白那是什么意思，这个只与我一起读过一年书的美女其实比石兰还清楚我。

她把李凌琛拉到了一边，悄悄地讲了几句话。我看见李凌琛点了点头，回到床边，他吻着我的耳朵，在我的耳边呢喃："妹子，我爱你，常乐未央，真的。"接着是我喜欢的，如摩卡咖啡上奶油般的法式热吻。他的吻还是那样销魂，可我的舌连转动的力气都没有了，这样销魂的吻我居然没有办法迎合。

我的泪水再一次滑落，这个混蛋，心中是有我的，原来他是知道他在我心中有多么重要，我是多么爱他。只是我们认识的时间不对，来世吧。

我的胸口缠了一圈绷带，估计那颗"花生米"已经从我的后背穿到了前胸。等李凌琛吻过我，我叫过陈倩，我拼尽最后地力气说道："美女，我可能真的不行了，谢谢你，保护了我的爱人，我求你，写写我的故事，好吗，以我的口吻。"陈倩的表情这一次特别认真，没了那种玩世不恭的味道，我知道，她答应了就一定能做到。

我的眼皮好重，我的手渐渐地滑落，我亲爱的父母，我确实没力气再说些什么了，我听见李凌琛在大声叫着"妹子，不要走"，我听见周围的哭声，但这些声音好像离我越来越远……

尾　声

2005年春，清明节前夕，李旭然和宇昕集团老总刘宇昕因为涉嫌不正当竞争被法院宣判执行有期徒刑一年，缓期一年执行。磨盘山公墓，相距不远的陈玲和杜红霞的墓前放满了娇艳的玫瑰和香水百合，还有一本同样的书《成都，你有没有常乐未央》。

陈倩不再搞男人，她与小胖哥订了婚，准备等陈玲一年祭期过后结婚。

李旭然最终与老婆离了婚，他的手臂多了一个在梨花街做的文身"爱彤＆旭然"。

李凌琛的小老婆考取了研究生，是陈玲的法学专业。两人的婚姻获得了李凌琛家人的认可，李凌琛的经济不再紧张。但他还是偏爱华阳的兔头和成都的钵钵鸡，因为那次枪案，东门大桥那家老板已经匆匆搬家，不知去向，李凌琛便带着他的小老婆在双楠一带以前陈玲爱去的钵钵鸡过瘾。"我们的味道真的巴适，以前有个长相跟明星一样的女娃娃常坐到这儿狂吃。"不知内情的老板娘没有留意李凌琛和她老婆眼角的泪光，继续形容着陈玲当年精致的面容。

李凌琛用存了一年的钱买下了金色夏威夷那个他曾经与陈玲做爱的房间，在有阳光的午后，他总会独自来到那个房间，燃三炷香，点一支烟，说着："妹子，我来陪你了……"

常乐未央　　　　第二部
changleweiyang

本书故事
纯属虚构
如有雷同
纯属巧合

1

> 我看见我的爱人吻着别的女人
> 我却没有反对的余地
> 在生命面前，爱情是那样软弱

2004 年的平安夜可能是我这一生过得最不平安的平安夜。

深夜十二点，我在家里，上网瞎逛；李凌琛，我实际意义上的老公，未举行仪式、未领取结婚证的老公还没有回来，本来说好去教堂守夜的，可他临时打电话说要加班。我们虽然没有结婚，但已经同居两年了。我不断地打着电话，他的两个电话一个不在服务区，一个已关机。打电话问他上班的华福派出所，说他早已下班了，今晚也没有什么突发性事件，这个家伙会跑哪儿去呢？

听见我一个人在书房里噼哩啪啦地敲着键盘，公婆带着与我一样着急的表情来到了我的身边："林蓉，今天好像是你们年轻人要过的洋节，平安夜吧，小琛没有回来陪你过节吗？"

我不知该如何回答，李凌琛与我恋爱以来对我一直非常好，随时都要向我汇报他的行踪，虽然我不知道他现在具体干什么去了，但我相信这个看见我被鱼刺卡了喉咙就立马开车送我到川医的家伙心里肯定是非常在乎我的。因为我的家庭过于普通，他没有让我毕业工作，而是省吃俭用地养着我，希望我能考上研究生，但今夜似乎有些奇怪，他居然两个电话都没打通。正当我与李凌琛的妈妈在书房里急得团团转时，电话响了，我与公婆几乎同一时间冲到了电话前，我们有一种预感，可能李凌琛遇到了什么事情，因为他是一名警察，是警察就会有许多无法预料的事情。一边是母子，一边是爱人，我明白公婆和我一样焦急的心情，我按下了免提，我的善解人意和得体举动一直为公婆所欣赏。"妈，林蓉，快点到川医附一院来，把老爸叫上，多带些钱，我的一个朋友为了救我挨事了，可能救不过来了，电话里头说不清楚，你们过来就知道了。"

朋友，为了救他？在与公婆和公公赶往川医附一院的路上，我一直在猜测，李凌琛所说的朋友一定是一个与他有关的女人。

最近这两个月，李凌琛在接一些电话的时候，总是想办法背着我，后来我翻李凌琛的电话记录知道那是一个叫陈玲的女人打过来的，我亲爱的老公，那个叫李凌琛的小眼美男手机里面最近一段时间全是陈玲的拨打记录。而且前段时间一个漂亮女人还到我们家来过一次，虽然李凌琛说他并不认识那个女人，但我总觉得有些问题。因为李凌琛一直说他是爱我的，所以我也就相信了，也就不怀疑了。

李凌琛说陈玲是一家知名贸易公司的销售部经理，他家的百瑞集团所有的办公用品都是由陈玲公司提供的。陈玲想通过李凌琛，将她们公司的产品打入他们一个同学的家具厂内。李凌琛是有一个同学家办了一个规模挺大的家具厂，我也就信了，他已经养着我了，还为我安排好幸福平淡的将来，对于这个万分疼我的男人，我没有理由不相信他，而且陈玲的底细我通过张叔打听过了，是个生意场上的厉害女子，有一点江湖味，这样的女子，还比我的李凌琛大整整 5 岁，所以我坚信，李家是不会接受陈玲的，纵然她十分的优秀。但这个 2004 的平安夜，从李凌琛那急切的口气和带着哭腔的语气，我猜测，那个女人应该是陈玲，张叔不是说过，陈玲有一点江湖味吗，有江湖味的女子才敢拿命来换，所以我想应该是陈玲才对。

我不知道我是怎样走进川医附一院那间病房的，只是机械地跟在公婆、公公后面，脚步有些缓慢和沉闷。

我的眼光穿过病房里那一大堆人，看见我的李凌琛正坐在病床边，焦急地抓着头发，眼睛里满是泪水，病床上，一个五官精致的女子正紧闭着双眼，长长的黑发零乱地散落在医院雪白的枕头上，是那种触目的色调。我明白，那个女子必是陈玲无疑，因为李家百瑞集团的老大——三爸李旭然也来到了医院，病房里挤了一大堆我认识和不认识的人。虽然紧闭着双眼，但仍从那张苍白的脸上隐隐感觉到一种特殊的气质，很女人、很书卷、很坚强，还有张叔所说的那么一点江湖味。女人最经不起的打击是爱人的背叛，但这样的见面是我做梦也想不到的，我一时无语，就那样手足无措地站着。

看见我们来到病房，李凌琛轻轻地抱了我一下，有些哽咽地对我说："林蓉，现在事情太混乱太突然，我想你已经知道了，病床上的是陈玲，现在医生说陈玲可能活不过今晚，等陈玲的事处理完了我再跟你解释，你要相信，我是爱你的。"

他说他是爱我的，我的李凌琛对我说他是爱我的，可他正在为另一个女子而哭泣，这让我如何相信他是爱我的？我没有回答他，我也不知该如何回答他。我现在头脑一片混乱，作为女人，我明白，陈玲那种特殊气质的女人是任何一个男人都无法拒绝的。漂亮的女人是很多，但一个女人一旦具备了某种特殊的气质，那就具有了致命的杀伤力，就如我的老公李凌琛，他是一名警察，但却具有一种邪气，再加上那双勾魂摄魄的眼睛，我没有办法拒绝，将自己的未来交给了他掌握，甚至在他没见我家父母，两边父母更没见面的情况下就与他住在了一起，搬到了他在紫云花园的家中。

现在，我深爱的这个男人，我事实上的老公公然背叛了我，而且是在李家所有的人面前。我的情敌，正躺在病床上，我的李凌琛正为她而流泪。我不知道自己该走还是该留，脑子里除了混乱还是混乱。

李凌琛低着头，轻声地唤着那个叫陈玲的女人，我看见，那个女人似乎在用平生的力气缓缓地醒过来，那是怎样的一双大眼睛啊，满目含情，纵然在生命之火即将熄灭的最后时刻依然那样满目含情，风情万种，没有多年的功力，是无法达到那个级别的。我似乎明白了，我的李凌琛事实是爱我的，只是，只是，遇到了这个叫陈玲的女人，这个连女人也无法拒绝的女人，他才偷偷地背叛了我。我想发火，但看到那个女人如花的生命为了李凌琛而凋谢，我实在找不到合适的语言，只得咬着唇，看着李凌琛轻轻地吻着陈玲，我的眼眶有湿湿的东西在滚落。

"妹子，你不要走啊……"李凌琛绝望的喊声让我猛得一怔，我知道这个绝色女子的生命之花不再怒放，我知道我的李凌琛心里一定很痛。

"唉，可惜了，可惜了，20多岁啊，那么漂亮一个女娃娃。"我的公婆不住地叹息，眼角依稀可见泪光，不知是为陈玲的死去而惋惜，还是为陈玲救李凌琛的举动而感叹。

陈玲，这个独一无二的女人，还没进过李家的门，就那样丢失了生命。我两腿一软，默默地靠在病房边的墙上，我不知道自己的心情该怎样来形容，爱人的背叛、实力强大的竞争对手、绝色美女、至情至真的女子，所有能够想到和不能够想到的东西，我都遇见了，我只是听见李凌琛和陈玲那个叫陈倩的同事一起，向我的公公和公婆解释着整个事情的前因后果。

李凌琛家里其实是管得非常严的，我自恃是勤快持家的女子，仅仅因为出身家庭普通，就曾遭到了李凌琛父亲的强烈反对，甚至断了李凌琛的经济来源。现在，面对陈玲这个有一丝江湖味的女人，李凌琛的老妈居然发出了陈玲未能进其家门的遗憾，看来，陈玲为爱而付出生命的绝决确实让人无法言语。

我强力压制住自己混乱的思绪，机械地与李凌琛的家人忙碌着。陪着李凌琛整理陈玲的遗物，到警方作笔录……伊人已去，我想我还是应该与我的李凌琛继续过下去，虽然他背叛了我，但我起码应该镇静下来，一切都应该等陈玲的葬礼过后再来做出新的打算。

在整理陈玲遗物时，陈玲的好友、那个写了陈玲之死事件报道的重庆女子陈倩找上了我，她说凭直觉认为我可以成为她的朋友。

想着能让李凌琛越轨，陈玲肯定有我不能企及的地方，我把我的手机号码留给了陈倩，我需要从陈倩那里了解陈玲的点滴，更重要的是，我不能离开我的李凌琛。首先，他是典型的美男；其次，他出身豪门，与他同居以后，我的生活可以说已经完全衣食无忧，比如现在，我的同学正忙着找工作，我却气定神闲地准备考研，李凌琛说考完研后，他自然会为我安排合适的工作。

2

伊人已去，情却印在了活着的人心中
在爱她的人心中
伊人的生命永远存在

　　这两天，我的思绪一直是一片混乱。陈玲的葬礼后，李凌琛给我讲述了他与陈玲认识的前后：

　　那天，正好派出所轮休，我去上研究生的培训课去了。他在家里百无聊赖地打发时间，上网、睡觉、看碟。那个多嘴的老张——张家辉屁颠屁颠地告诉他，有机会认识在百瑞集团传说以久的美女陈玲。关于陈玲，百瑞集团一直有一个传说，说那是一个绝色女子，聪慧过人，李旭然管理严格的办公用品采购程序，居然被陈玲在一个月内就签下了，而且是六十万元的大单。在此之前，许多在成都市有名有姓的销售前锋都没有办法搞定。

　　李凌琛说他当时只是好奇，一个没有背景的年轻女子，而且是学法学的，是如何在一个月之内从他三爸李旭然那里签下那六十万大单的，所以就去了。

　　之后，陈玲的孩子气，还有那一丝复杂的江湖味，让他情不自禁。当时，他其实是有意和陈玲喝交杯酒，把陈玲灌得晕乎乎的，然后再与陈玲进行勾兑与反勾兑。

　　他说他肯定会娶我，心中也是我最重要的，即使陈玲没有死，他还是会在陈玲与我之间选择娶我。他说他虽然家庭条件很好，但他是野鸡大学毕业的，而且以前太花，所以他要一直在我面前做出很优秀的样子。

他跟陈玲讲了我从来不曾知道的他的故事。他以前很自卑，在读初中时戴着黑边眼镜，掩盖了他最大的优点，脸上还有青春痘，一直不被女生所看好。他的初夜是高一，那天他跟朋友一起在一个酒吧玩，然后被一个天天在外面晃的女人所勾引，那个女人骗了他的初夜，他几乎没有一点感觉的就完事了，如同手淫。因为他初中时不被女生所看好的自卑心理，因为他没有感觉的初夜，他开始不停地泡妹妹，直到遇到了我才决定收心。而这些，都是他不能也不愿讲与我听的。他想娶我，想要我全部的感情，所以就不愿把所有的过去讲给我听。

本来，他不愿再出去泡女人了，可是遇到了陈玲，陈玲与他做爱，听他讲我、讲他过去的事情，却未曾指责过他。陈玲的风情和温柔让他放松。但陈玲在他的感情生活里，他总觉得还是一种游戏，他说陈玲与他在一起感觉很好，但陈玲似乎没有要嫁给他的意思，只是喜欢与他在一起。他本想在圣诞节期间在我们两人之间做一个了断，但没想到陈玲却在最后为他献出了生命。李凌琛边说边噙着泪，我除了静静地听，就是不停地将随手从身边抓起的面巾纸叠来叠去，我的心情非常复杂。我曾经以为自己是优秀的，是年轻的，但没想到却败在一个大我6岁的女人手里。如果陈玲没有死，那么，退出这场感情纠纷的，是我，还是她？

我和李凌琛谈了一整夜，与其说是谈，不如说是李凌琛在使劲儿地回忆他与陈玲的点点滴滴，他说他与陈玲曾经无数次在他的Mazda 6车上偷欢，这是我不能想的，一个优秀如陈玲的女子，竟然肯屈身与李凌琛在Mazda 6车上偷欢。

第二天一大早，李凌琛匆匆洗漱一下，换了警服去上班了。我的头脑依然一片混乱，我在床上躺了一个上午。中午与公婆一起吃完午饭，准备拿起考研的书看一下，却发现自己提不起任何兴趣，翻开复习资料，眼前全是陈玲那双风情万种的大眼睛在晃悠，资料里的文字反而不像是文字了。

算了吧，听说整理房间可以放松，我就整理一下房间吧。可理着理着，我却觉得有些不对劲，我和李凌琛现在同居的房子，这间未来的准新房里，似乎都有一种陈玲的气息在弥漫。听说人死后没多久，魂魄会在她想呆的地方留连，虽然我不迷信，但我还是决定把房间的抽屉都打开，不让陈玲的魂魄有藏身之处。

是她，是她，那个有着江湖味的绝色女子，我的李凌琛居然把她的照片放在了床头柜里。那是陈玲在丽江一个叫樱花屋的酒吧照的，她穿着件紫色毛领开衫毛衣，一串珍珠项链在胸前随意地打了一个结，光洁青春的脸庞与酒吧古旧的气息居然融为了一体。也许是李凌琛在处理陈玲后事时，从陈玲家找来的吧。面对李凌琛把已死去的情人的照片放在我们床头柜上，我总觉得陈玲并没有走多远，她其实就在我们身边，也许，李凌琛以后会在与我做完爱后，或是我熟睡时，偷偷地拿起她的照片看一眼。

我再一次怔住了，我知道，与一个已在另一个世界的女人斗气是没有意义的，但如果阿琛心里一直装着她，那么她去不去世又如何？

心灵的背叛应该比较身体上的背叛更为可怕，我觉得我应该退出，至于李凌琛以后会找什么样的女人，我想都与我没多大关系。

我们虽然同居两年了，但我们只是同居，搬出去很容易，我收拾了简单的行李，不留一丝悔意，我把陈玲的照片从抽屉里拿出来，放在了床头柜上，我想是该认输的时候了……

傍晚七点，李凌琛打电话来，我没有接，这个出身豪门的琛少，我想他是不会到我们家来求我的。他每次接我和送我都没进过我家的门，我的父母其实一直有意见，但想我们还没到结婚那一步，也就算了。我想如果他真爱我，这次可能会进我这个普通的家吧。

但我错了，一连三天，李凌琛只是打电话，第一次、第二次、第三次，我都挂了。我知道他要说些什么，但我却不能作出回答。

他把他的 Mazda 6 开到我家楼下，说了句："林蓉，你不下来，我就一直在楼下等着，直到你答应回我家为止。"然后他把 Mazda 6 当真地停在了我家楼下。夜色越来越深，那辆宝蓝色 Mazda 6 一直没有离开。

他对女人的心理太了解了，这个与陈玲同样绝色的小眼睛男人，不仅有着让女人无法拒绝的邪气，还有泡女人的独特高招。他就那么三个电话，外加一个夜晚的等待，就轻易地把我带了回去。

我是爱他的，最开始，确实是因为他显赫的家庭背景，但人是感情动物，时间久了，我发觉我对他产生了一种依赖，最初的狂热已经转为一种亲情，虽然我们都才 22 岁，但爱情与年龄无关，有的人活到老可能也不会真正爱过，自然也不会知道爱情带来的痛和兴奋。

我是爱李凌琛的，搬出李凌琛家又搬回，都是因为爱他。

李凌琛说，陈玲曾经为他做过一次堕胎手术，但他没有看过陈玲一眼，电话都是陈玲打过来的。那次陈玲来到紫云花园，为了骗我，他虽然心里很担心陈玲，但还是不愿说自己认识陈玲。在手术前，害怕有危险的陈玲在李凌琛家门口坐到半夜两点，又一个人在附近的清水河大桥坐到天亮，第二天，她只是在电话里求李凌琛吻她。然后她一个人孤零零地在西大街金色夏威夷，他们常去的房间舔拭伤口。之后，因为护理不当，陈玲出过几次生命危险，李凌琛都没看过她。

而我，补个牙齿，李凌琛都会开着车花数千元带我到川医去治疗的，所以，李凌琛认为，我该知足了，陈玲已经够可怜了，我不应该再与他争什么。我不知道李凌琛怎么忍心让陈玲经受身心两方面的痛苦，也许如李凌琛所说，他真的爱我要多一些吧，毕竟，我是他愿意带回家做老婆的女人。想想也是，陈玲这个绝色女子，在 Mazda 6 车上与李凌琛做爱，她都能够忍受，我还能说些什么呢？

我与我的李凌琛再一次合好了，相安无事地住在了一起，李凌琛将陈玲的照片放在了书房里，张爱玲的《倾城之恋》中写着，绝色女子与绝色好文在一起，我没有反对的余地。

3

李凌琛，我的爱人
他像一个奇怪的圈子
绕走了陈玲
又把我绕了进去
不知道为了什么

我以为，我会和李凌琛相安无事的过下去，等我读完研究生，李凌琛就不当警察，接着做生意去，我主内，他主外，两个人过着幸福日子。但似乎事情总没那么简单，李凌琛似乎是一个邪气的圆圈，绕走了陈玲，又把我给绕了进去，不得安宁。

春节前，陈倩给我打了电话，约我喝茶，我拿着电话想了半天，才想起这个笔锋和口齿同样泼辣的重庆美女。在陈玲死去的病房里，她拿着锦江晨报上她的报道，上面的标题是："痴情女挺身救爱人"有意与我挑衅，之后还要了我的电话。这个女人，应该是与陈玲一样厉害的女人。

我本来不想去，但她说我必须去，有非常重要的事情要跟我谈，犹豫了一下，我还是答应了。我们约在春熙路的宾诺，她说她跟陈玲等几个女友最爱在那里相聚。又是陈玲，算了，今天索性就向她打听一下陈玲，也好使自己更加完美，不过，陈玲那极具诱惑力的江湖气是我永远达不到的境界，那是环境所然，练是练不出来的。

记者都是自来熟，陈倩也不例外。她像个老朋友一样跟我讲起了她的小胖——严欧欧。这个人我知道，是李凌琛在派出所的生死搭档。模样像《瘦身男女》中长胖的刘德华——让人觉得如 QQ 般可爱，说话的语调又跟蜡笔小新一样，他若与陈倩做情人，确是一对不错的组合。

陈倩说她是锦江晨报的政法新闻记者，与小胖很熟。陈玲那件事，她就是通过小胖了解到幕后新闻的，因为李凌琛整天只想着我和陈玲，所以她只有找小胖做突破口。小胖认真的样子，憨憨的热情，让她觉得，生活原来可以因为一个男人而安稳起来。

"我想我跟你是两种人，我以前不把感情当回事，把搞男人当作人生一大乐事。后来遇见了小胖，小胖在帮我调查的时候，还不断地体贴我、照顾我。我突然发觉，有一个可靠的男人在身边，其实比出去乱搞男人要幸福得多。所以，我就与小胖成了情人。"这是个干脆且直接的女人，在这个女人面前，不需要设防。

但在做完陈玲的采访后，陈倩突然发觉这件案子根本没完。那两个涉黑团伙只是小渣渣，幕后似乎还有许多东西。最大的疑点是紫荆枪案中的贺虾子，这个人虽然有几辆奥迪 A6，但全是贷款买的，只有簋桥的几个厂房值几个钱。她本来想追踪一下贺虾子最后的财产去向，却发现贺虾子名义上是一个建筑商人，实际上是在为宇昕集团卖命，于是她又开始调查百瑞集团的死对头宇昕集团。

调查来调查去，她发现这两个集团表面上确实做正当生意，而且做得挺大，但事实上都或多或少地做着涉黑的买卖，比如毒品之类。陈倩说，在去年夏天的国际禁毒日，她和几个同事与楼下的都市华蓉报都做过娱乐场所吸毒的暗访。

而小胖和李凌琛所在华福派出所又管辖着南门一带80%的娱乐场所，所以关于娱乐场吸毒和贩毒的案子大部分都由华福派出所经手。

"但这与李凌琛和小胖有什么关系，那是分局禁毒大队的事啊？"抿了口咖啡，我一脸不解。

"派出所是最初经手者，这是常规。"陈倩像是在跟一个小孩子启蒙。她告诉我，小胖也有同学在做生意，李凌琛是百瑞集团的继承人之一。这两个集团不管怎么查，都没查出没对劲的地方，所以她大胆推测，小胖和李凌琛，这两个派出所的中坚力量，出色刑警，必有一个与黑道有染。

"黑道！！！"我的嘴张成了O型，幸亏我有点理智，要不然可真要大声叫起来。

"对，黑道，要想多赚钱，与黑道有染是个不二捷径。"陈倩压低声音。她说，以前她想让陈玲帮着查，因为李旭然以前的情人杜红霞就是吸毒过量致死的，但现在陈玲走了，她能找的，只有我了。而她呢，自然是抓紧时间查自己的情人小胖。

枕边人、老公、情人，这个我最亲近的人，李凌琛，我怎么能查他呢。与陈倩告别后，我真想等李凌琛回家后仔细问一下他，但还是断了这个念头。我觉得这样子问未免唐突。晚上，我们两个一起坐在客厅看《天下无贼》的碟片，我们经常这样子相安无事地坐着。

"李凌琛，警察都很清楚黑道或贼道吗？"我指着埋伏在列车里的便衣问他。

"至少应该知晓个大概吧，不然咋个破案。"李凌琛的回答很平静，看不出一丝惊慌。

我想我问是不可能问出什么来的，慢慢查吧，我报考的是法学研究生，就当是提前为自己实习一遍，反正考试时间快近了，书也看得查不多了，再看也不会有什么更好的结果。到底小胖和李凌琛谁是黑道卧底，我想应该很快就能查出来的。

4

生前千般折磨，万般辜负

死后才知情最真

男人呵

总是到最后时刻才知情义无价

李凌琛说他清楚一些黑道的活动规律，我想我应该相信。因为听朋友说起过，要想摸清黑道的底细只能是警察打入黑道卧底。

为了搞清李凌琛和小胖谁和黑道有染，我开始有意地留心李凌琛身边的人，同时，也有事没事地和公婆——李凌琛的妈妈一起到百瑞集团转一下，了解一下百瑞集团的某些内幕。我与陈玲不一样，也许我是有那么一些深爱李凌琛，但更多的是为我个人的将来考虑。我的父母都是簸桥5701厂的工人，早已下岗了，连我9000元的研究生学费都成问题。我不想像陈玲那么辛苦，何必呢，有个长得帅，年纪也相当的豪门阔少当跳板，我肯定要紧紧抓住不放。女人，在外边辛苦奔波，还不是为了过个舒服的生活，如果有男人愿意给你这种生活，那就抓住那个男人，才是女人需要的捷径。

最近这两天，因为陈玲的死，警方开始不断地传唤百瑞集团的顶梁柱李旭然，不断地审问，同时，将吸毒致死的小姐杜红霞那桩事也扯了起来。

对于杜红霞的旧事重提，李旭然的老婆可是闹了个天翻地覆。当年她跟着李旭然时，李旭然一文不名，是个混混而已。她一直以为李旭然会四平八稳地过日子，与李旭然白手起家，从80年代在广州进货贩卖服装开始，然后涉足电子产品，然后涉足矿产，一步一步地走到了今天。但李旭然的老婆万万没想到李旭然竟然与一个吸毒的小姐扯在一起。坐台小姐收入不算高，这谁都清楚，逸都花园50万的房子显然是李旭然买的。虽然李家很有钱，但50万元也不是个小数目，于是李旭然的老婆不断地跟李旭然闹离婚，并扬言要把李旭然弄得身败名裂。

"有钱了，去川音，川大包女人噻，整一个吸毒的烂婆娘还上了两盘锦江晨报，你一个百瑞集团的董事长还真有些做得出来，可以，你确实可以哦。"那天我和李家的人一起在南延线食圣吃石扒子，聚一会儿，顺便听他们聊一下生意上的事情，没想到刚吃了没多久，李旭然的老婆就当着我们这些晚辈的面冲李旭然发起火来。

而这时，李旭然正被警方传唤得焦头烂额的，再加上陈倩那帮老辣记者不断地追踪报道，后院现在又不看好时机地起了火。

在多重压力之下，平时看起来斯文的李旭然竟然一下子火了起来。"你龟儿子的瓜婆娘，你晓得人家是烂婆娘，人家是川大毕业的大学生，是不是烂婆娘老子不晓得嗦。都是那些记者没调查清楚乱写的。"说这话时，我看见，李旭然的眼中分明泛着泪光，浑身轻微的抖动。

那个杜红霞是不是处女我不知道，但陈倩说杜红霞吸毒致死是李旭然搞的，我想应该是有可能的，要不然，这个处处高标准严要求的李旭然咋个会当着全家人的面为杜红霞辩护？

这两天，因为两个董事长都涉案，百瑞集团和宇昕集团的股票也开始不断下跌。我偷偷听见李凌琛的妈妈说李旭然和宇昕集团的董事长刘宇昕私底下喝过几次茶。两人虽然在生意场上明争暗斗，但为了各自的利益，决定在关键时刻达成攻守同盟，向警方坦承两个集团确实在竞争，但并没有涉及黑道，那是黑道之间的事情，陈玲的死，是新都大丰的一个黑道集团干的，开枪的人已经交待了，是因为看陈玲不顺眼，在空瓶子喝酒时与陈玲发生过口角之后寻找机会报复。陈玲和李凌琛吃钵钵鸡那个小巷比较安静，所以黑道集团选择了在那个地方致陈玲于死地。

由于警方的证据有限，再加上李旭然和刘宇昕两人都请了庞大而有力的律师团进行辩护和收集证据，最终李旭然和刘宇昕只是在法院宣判了一个涉嫌不正当竞争，判刑一年，缓期一年执行。

以前，我只是想把李凌琛守好了，让李凌琛的人和心都围着我转，但现在，陈玲的死引发出的一系列问题，陈倩让我收集和调查的涉黑证据，让我明白，想要嫁入豪门，原非易事。

我开始不再利用我单纯的优势，我发觉单纯并不是什么好事情，这时候，我才真正明白，陈玲为什么要当李凌琛的情人而不愿嫁到李凌琛家去。并不是因为我的原因，我想只要她敢争取，我多半不是她的竞争对手，这个生意场上的女子是非常清楚李家浮华背后其实是一个烫手山芋，就像一抹彩虹，看着美丽，但其实是虚幻的一抹水蒸气而已。

官司上的事情解决后，李旭然开始闹离婚。这年头，男人离几次婚都没有关系，但作为百瑞集团的董事长离一次婚所涉及的东西就太多了，比如金钱、社会名誉等等，媒体也会不断炒作。所以才会有那么多的男人宁愿买套房子包个二奶三奶，也是不愿惹离婚所带来的麻烦。

吵架、谈判，李旭然最终和他原配老婆协议离了婚。两人的儿子归其老婆扶养，房子和车子外加一百八十万现金都归其老婆所有。百瑞集团的创始人兼董事长李旭然离婚了，这个消息让报纸狠狠地炒了一把，而李旭然对于媒体关于他旧情难忘的猜测，全是一笑置之，不再言语。

后来，我和好朋友周科一起在梨花街做指甲，刚给一只手画了花，就听见一个熟悉的男中音："小姐，你们这里文身安全吗？会为客人保密吗？"我斜眼一看，是李旭然。在这样略显尴尬的地方碰面，我想还是装做没看见为妙。我拉起羽绒服的帽子，将头遮了个严严实实，然后给周科递了个眼色，不再与周科说话。

李旭然问话很仔细，确认安全后才开始进入房间文身。后来，我打听到李旭然纹的是"爱彤 & 旭然"。

看来，不管是搅家还是情人，男女之间发生性关系，都是需要付出感情的，做爱嘛，没有爱哪能做呢。但那些一夜情又另当别论，因为不了解而上床，那不是做爱，那只能称做搞搞而已。

既然李旭然的事情算是告一段落了，我想我还是抓紧时间调查一下李凌琛的事情吧，希望这小子千万不要出事了，要不然我再把命搭进去可真的惨了。

5

K 粉，轻飘飘的白色粉末
让女人飘飘欲仙
忘了所有
包括所有的自尊与骄傲

"林蓉，今天晚上我要跟蓉北所的警校同学聚会，到凤音会所唱歌，你就乖乖地在家呆着哈。"快过年了，这两天的聚会特别多，晚上十一点多，李凌琛刚下中班就匆匆地换衣服，一边换一边看表一边说。

凤音会所？那不是陈倩说的那个叫杜红霞的女人吸毒死的地方吗？"现在已经晚上十一点了，反正我也没睡意，老公，我跟你一起去哈。"我抱着李凌琛的腰，撒着娇。我其实不喜欢那样子的地方，只是想知道李凌琛到那个地方会做些什么。

会所的空调开得很足，虽然成都的冬天很冷，但里面如同春天，美女们都穿着各类颜色鲜艳的纱衣，空气中有脂粉气在弥漫。

李凌琛的同学预订的是一个中包，坐下来，我才发现，我是如此的朴素，那些男子带的女朋友一个比一个洗眼，其中一个叫廖星的，女朋友叫莎莎，穿着水红色的半透明的纱衣，外面套着一件裘皮外套，下面是超短裙和长皮靴。

在包间内，莎莎穿着纱衣、短裙，像蛇一样缠在廖星身上。唱了一会儿歌，喝了一会儿酒，气氛开始暧昧起来，廖星居然当着我们的面与莎莎表演起了法式热吻。迷离的灯光下，两人的舌尖似乎在不断地痴缠，而廖星的手正不自觉地在莎莎身上摸索着，两个人坐在最靠墙的角落里，以为我们看不见，莎莎竟然还发出了愉快的呻吟！！

我用一种怪异的眼神看着李凌琛，李凌琛似乎明白了什么，咬着我的耳朵说："那不是正儿八经的女朋友，是搅家，搅一天耍一天，所以要抓紧时间搞，都是朋友，无所谓。"

我又想起了陈玲，那个死去的绝色女子，是不是与李凌琛随时随地那样呢？

正当我一脸迷惑地哼着王菲的《催眠》时，又来了一个穿着桃红兔毛抹胸的女子，"乖乖，这是何天的搅家。"李凌琛这一次明确地告诉我。女子麻利地点然一支烟对我们点点头说："对不起，来晚了，我刚从 MIX 转台过来，我先自罚一杯哈。"

她的身材真的很好，没有一处不吸引人，像个饱满而精致的四季豆。这个像四季豆的女子叫佳佳，佳佳拳划得很好，乱劈材、美女拳、江湖拳，似乎没有她不会的。

耍了一会儿，似乎都有些累了，佳佳说她要提神，她拿出一张 A4 的复印纸，从那小巧的坤包里拿出一包面粉样的东西，轻轻地倒一点在复印纸上，然后啪地把一个玻璃杯敲碎，放了些玻璃渣在白粉上，用吸管轻轻地搅匀，陶醉地吸取来。

"她在吸 K 粉，加玻璃渣是为了更加刺激，使人的兴奋点来得更快一些。乖乖，我真的不该带你来，谁晓得何天咋搅个这种婆娘哦。"李凌琛轻轻对我说。随后，莎莎慢慢挪到了佳佳身边，恳求着要了佳佳的吸管。不过十来分钟，两人都突然之间变得异常激动起来，随着音乐，佳佳跳到了茶几上，忘情地脱着衣服，扭着纤细的腰肢，黑黑的长发有一种鬼魅的气息。

"美女，身材真巴适，脱，快点脱。"李凌琛竟然为佳佳鼓劲。"你要做什么，佳佳已经HIGH起了，应该制止才对。"我劝着李凌琛。

"这种婆娘，反正何天不会当真，整一下她们噻，你就当没看到哈。"李凌琛一脸不屑地说道。而廖星和何天似乎真当作没看见，正专心地唱着《真心英雄》。没多久，佳佳和莎莎都先后脱得只剩内衣了，不能再脱了，廖星和何天这才转过身将两人抱到了沙发上。

"林蓉，我们回家算了，这种地方不适合你。"李凌琛悄悄地对说着。

我已经被眼前的情形惊得目瞪口呆，除了听李凌琛的，实在没有别的想法了。

李凌琛挽着我，以我明天一大早要上课为由，离开了凤音会所，身边是蛇一样缠在一起的两对情人。"明天那两个虾子肯定是黑起眼圈上班。"李凌琛说着。

"她们那么年轻就吸K粉，你们警察应该管一下啊。"我一走出会所就对李凌琛说。

"管，咋个管？有好多吸K粉的，你晓不晓得？K粉又不是海洛因，我们只能定期清查，抓两个美女，顶个屁用，还不如把这些婆娘拿来整耍。"李凌琛的语气轻飘飘的。

"那你是不是背着我也找过那种女人耍呢？"李凌琛的语气很明显地伤害了我。

"不是，不是，林蓉，你放心，我是爱你的，我是做警察的，我知道那东西不好，但全城的娱乐场所那么多，我一个派出所的小刑警是根本管不过来的。"他一边把我抱进他的Mazda 6里，一边迅速地钻进车里，搂住我就是一阵狂吻。

这小子就是这点讨女人欢心，其实在适当的时候给自己的女人一个热吻或是偶尔粗鲁一下，恰恰能表明你很在乎她。热吻过后，我的怨气已经减少了大半。但我的心里总有些阴影，佳佳和莎莎吸K粉的样子一直在我脑子里打旋，难道李凌琛真的与黑道有染，百瑞集团真的在暗地里贩毒？

6

爱上你，不放手
只因你那忧郁不羁的眼神
爱上你，不放手
其他的一切
都不重要

派出所的刑警是个苦差事，除了在派出所值班外，还要经常出差到外地办事。这天早晨，李凌琛又是没有任何预兆的，匆匆收拾了几件换洗衣服就要出发了。他对我说，他要出差两三天，办一个案子。派出所的刑警办一个案子经常几天都不回家，这已经成了家常便饭，我除了祈祷他平安外就是在家默默地等他。

李凌琛一走，我就感觉空空的，给好友周科打了个电话，约她去逛街。陈玲死后，李凌琛的父母对他好多了，李凌琛经济上开始宽裕起来，不用再算计着那千余元的工资过日子了。李凌琛出差之前拿了五百块钱给我，让我买件新衣服穿或是随便怎么花。

其实五百元买不了多少衣服，但现在这样子我就知足了。等我研究生毕业，有了稳定的工作，李凌琛就可以做生意了，那时我们就可以过上很舒服的日子了。聪明的女人要学会等待和算计等待的结果，我一直这样跟自己说，退一万步，如果李凌琛还是个穷警察，那么他花钱供我读完研究生后，我完全可以另外找一个更好的。我很现实，我觉得这没什么不好，浪漫是基于温饱之上的东西。

周科是我的高中同学，与陈玲一样，是个混混角色，不过没有陈玲的江湖气，倒有那么一丝邪气。而且，她没有考上大学，高中毕业后到好又多超市做了收银员。所以，她的气质是非常市井的一种邪气。因为无知，所以无畏，她就是那种人，她知道的东西少，所以一切都无所谓，所以就有了那种无所谓的邪气。按理说，我不应该与这样子的女子做好朋友的，但周科为人耿直，有她时不时地帮我出点主意，我可以很好地掌握李凌琛。如果我与同样层次的人做朋友，那又年轻又有着勾魂小眼的花样美男难保会被那些朋友勾走。周科不会，她的角色定位了她不会对李凌琛感兴趣，这让我特别放心。

我们俩从双楠街逛到二环路上的伊藤洋华堂，又折回双楠的人人乐，可一路上，平时叽叽喳喳的周科居然一直沉默，一句话也没说。我在时装店试衣服，问她好不好看，她面无表情，无所谓的样子，摇摇头或者点点头就完事了。

"死女娃子，你娃头儿今天咋个了嘛，心神不宁的样子，遇到了帅哥嗦。"我忍无可忍，吼了起来。

"我完了，我耍的男朋友是黑道的流氓。"她低着头，看着脚尖，慢悠悠地抛出了这句话。

"你的工作虽然只是个收银员，但也用不着找黑道噻。"我的声音有些尖，像锅铲刮过铝锅锅底一样。因为陈玲的死，还有之后发生的一系列事情，我现在一听黑道就觉得毛骨悚然，感到非常的害怕。没想到这个混混女子竟然找了个黑道，我知道她的男朋友不太优秀，但也不至于是个黑社会吧。

"我喜欢他，没有办法，就是爱他，爱得不得了。那次在空瓶子喝酒，一看见他那双忧郁的眼睛，我就忍不住想靠近他。"周科拉我在德克士坐下，要了杯可乐，缓缓地讲起了她与那个叫章容波的黑道男人认识的过程。

当时，周科和同事一起喝酒，因为周科长得有些邪气，所以在晚上是非常吸引人的。当时是三个女孩在一起喝酒，隔壁那桌正好有三个小伙子，看见她们几个长得漂亮，尤其是周科，穿着豹纹紧身T恤，染着红色的齐肩发，活脱脱一个小母豹。那双邪气的丹凤眼若有若无地在酒吧里扫视，目光所及之处的帅哥伙子全都有被电晕的感觉。所以，那个三个小伙子强烈要与周科她们几个女孩拼桌喝酒。

清一色的黑皮鞋，暴发户类型的小方领羊毛T恤，差不多的打扮使那三个小伙子看起来没有一点吸引人之处。周科三人一脸不屑，明确拒绝了他们的要求。

"我们三个的老公今天有事，拿钱给各人潇洒一盘，让我们出来散心的，不是泡帅哥的。"周科的语气满是不屑。

"老公不在，正好噻，喝点酒又不怎么样，就是一起摆会儿龙门阵而已，美女敢不敢嘛。"为首的一个瘦高个不依不饶。

"你以为你是哪个噻，要不要借个镜子给你照一下嘛。"周科杏眼圆睁，有些生气了。

"算了，伙子，那是我表妹，喝酒喝酒哈。"眼看就要吵起来了，一个男人不愠不火地说，一场纠纷摆平了。

之后，这个有着忧郁不羁眼神的小伙子就独自坐在吧台边喝起了酒，时不时地随着音乐摇一下头。

周科想认识他，但又觉得有些唐突，于是，她一边与朋友喝着酒，一边悄悄地打量着他。那个男人的眼神深邃，有那么一丝忧郁在里面泛滥，眼睛里露出来的光芒又透着不羁之气，确实非常夺人魂魄。他穿着一件黑色的巴宝利 T 恤衫，干净的平头，给人的感觉是简单背后藏着故事。

深夜十一点了，那男人把自己面前最后一杯酒喝完，向酒吧门口走去，周科知道，这是最后的机会了。她匆匆告别同伴，跟着男人走了出去。

"帅哥，你帮了我的忙，我真的不晓得该啷个谢你，留个电话嘛。"周科鼓着勇气在楼梯出口处叫住了他。

"我叫章蓉波，电话就不留了，你会失望。"男人头也不回地回答道。

周科不死心，一直跟到二环路路口，正当章蓉波准备回头时，突然从斜刺里杀出两个男子一左一右把章蓉波按倒在地，还没等周科回过神来，章蓉波已经被戴上了手铐。两个男子对章蓉波出示了警官证，原来，章蓉波涉嫌一桩毒品买卖。

在华福派出所，周科以家人的身份见了章蓉波。她在华兴煎蛋面为章蓉波买了一碗煎蛋面，然后小心翼翼地端到了派出所。

"警官，我朋友还没吃晚饭，你让他先吃碗面再问话哈。"周科自己也搞不懂为何会那样温柔。

在趁章蓉波埋头吃面时，周科悄悄告诉了章蓉波自己的名字。

"美女，你真的不要跟着我，我是混黑道的小流氓，没得意思的。"章蓉波的眼神还是那么忧郁不羁，看一眼就让周科为之一颤。

周科较上了真，她觉得章蓉波不会是黑道的，即使是黑道，也一定是迫于无奈，周科想，如果是黑道，她就想办法改造他，因为她在空瓶子那一瞬间就对章蓉波有了感觉。反正，她要面前这个男人，其他的都不重要。

华福派出所在审什么案子周科不知道，她就那样在派出所的值班室等着，一直等到凌晨三点，看着警方将记录做好，看着章蓉波摁了手印，与警察道别。然后，她一直跟着章蓉波上了出租车。

章蓉波刚在出租车前面坐好，回头一看周科独自坐在了后面，很诧异，为周科的执着。

"你跟着我没结果的，难道你真想找一夜情。你这样的美女，哪存在缺男人嘛？"在出租车上，章蓉波眯着眼问周科。

"今天我没带货，所以派出所把我放了，如果有货就麻烦了，我经常在酒吧出没，卖K粉和摇头丸。"章蓉波的口气有一丝无所谓。

不管章蓉波怎样说，周科只是紧紧地咬着嘴唇，用邪气而坚定的眼神望着章蓉波。很多时候，一个眼神往往能代表很多话语的存在。

章蓉波不再吱声，由着周科坐在后面，然后让出租车往百果林小区开去。在百果林小区一个小巷，出租车停下了。章蓉波付完钱，不再说话，看着坚定的周科，他与她足足对视了三分钟，然后叹了一口气："美女，我对你简直没得语言了，我有啥子好嘛，一个黑道的小流氓。"

他伸出手，牵着周科上了七楼一个老旧的套一房间。沙发上，是一堆未来得及换洗的衣服。"我一个人住，租的房子，我会害了你的。"章蓉波一边收拾衣服，一边准备睡沙发。

"我睡沙发，你到房间将就一个晚上，明天睡醒了各人回家去，我没车送你，出门走十分钟就是一环路，27路，34路，43路……公共汽车多得很。方便你回家。"章蓉波头也不抬地继续说道。

七楼的房间有些闷，周科脱掉大衣，穿着那个豹纹T恤的周科让章蓉波有些难以自持。

"我确实想要这个男人，哪怕只有一夜。"沉浸在回忆中的周科吸了一口可乐，脸上有一丝不易察觉的甜蜜，歇了一会儿后继续讲她与章蓉波的故事。

看着章蓉波埋头收拾沙发的样子，周科顺势坐了下去。"抱我！"野性的周科用邪气的眼神忘着章蓉波，口气充满挑衅和霸道。

章蓉波愣了一下，他不知道该拒绝还是该作出一个非常合理的解释。在愣了足足一分钟后，那种男女之间天生的吸引还是占了上风。他把周科压在了沙发上，一边疯狂地吻着周科的俏脸、脖子，一边一件一件地脱着周科和他自己的衣服，沙发是老式的皮沙发，三人的那种，两个人的姿势有些奇怪。

章蓉波的个子有1米75左右，算得上比较高大的了，在那个老式沙发上，在周科的上面，他一面努力地干活，一面费力地抬着腿，怕一不小心就把周科给裹到地上。而在他下面的周科则一面快活地迎合着章蓉波，一边挪动着身子，她也怕自己给掉下去。这样子的结果是两人在不断运动和变换中都达到了最高潮。

周科的皮肤很滑，掩盖了她不够白皙的缺点。她虽然手臂上还有细细的绒毛，但天生的邪气使她在高二就有了性经验。当时，她一脸兴奋地给我们讲她跟四班的男生混进在太平寺机场一个废弃的直升飞机里做爱的情形时，使我们纷纷坚信，跟男人做爱，一定是一件非常愉快的事情。现在讲起她与章蓉波做爱的经历，她还是那么兴奋。

周科和章蓉波两人的肌肤都是那样的渴望。虽然已经是凌晨三点，但两个人都没管那么多，没有丝毫疲倦的意思，最后不断运动的两人一直从沙发滚到了地板上，似乎是渴求已久的两个身体，互相都是那样需要。章蓉波的身体很好，而周科，这个小母豹也很久没有碰过男人了，她一边愉快地大声喊着，一边狠狠咬着章蓉波的肩膀，修长的手指甲在章蓉波的背上抓出一道道血印。

不知什么时候，折腾累了的两个人沉沉地相拥着睡去。周科醒来时，自己已经躺在了床上。不远处的厨房里，一阵面香传来，章蓉波正在厨房里忙乎着。

"老公，我去洗个澡，洗完澡试一下你的手艺哈。"周科悄悄地抱住章蓉波，像足了一个幸福的小女人。她坚信自己的第一感觉没错，这是个体贴的男人。

洗完澡后，周科开始帮章蓉波整理房间，她无意中翻到了章蓉波的通讯录上有李凌琛的名字。

虽然不能确定章蓉波是不是黑道，但李凌琛与章蓉波搅在一起，肯定是有问题的，这一点，周科敢肯定。但因为李凌琛是我的老公，所以周科当时没有吱声。

"现在，我们两个的关系更深一层了。林蓉，到底有没有黑道哦，李凌琛如果真的是黑道混进警察队伍的奸细，那他的身份也太复杂了嘛，刑警、豪门阔少、黑道奸细，哦哟，不得了，不得了，简直太刺激了嘛！"周科讲完与章蓉波认识的经过，开始问我了。

章蓉波这个人，我没听李凌琛说过，如果是李凌琛的同学或同事，我肯定会知道。但周科又是肯定不会骗我的，我们是高中三年的同学，她的话我信，但我的李凌琛，真的会是黑道奸细吗？

7

生意场上的争斗
是永远的战场
所以无法预料的事情
随时都可能意外地发生

周科讲完她的事情就不再多语了。她说她与锦江晨报报道过的那个陈玲一样，她认为爱情这个东西是不需要算计的，而且与自己心仪的男人做爱是人生一大乐事。所以，周科凭着自认为还算敏锐的第一感觉要了章蓉波。她不知道章蓉波究竟在哪个行当上混，只是听章蓉波冷冷地、平静地说他在混黑道，偶尔帮人收账或是打架摆平一些事情，主要精力还是贩卖K粉和摇头丸，白粉他不碰，容易判重刑。

"林蓉，社会上传言，陈玲是为百瑞集团的一个李啥子的小辈死的，是不是你们家李凌琛哦。"这个邪气的女子，哪壶不开提哪壶，莫名其妙地问一句话，又触到了我的痛处。

"他是黑道的小流氓，你还乐意跟他混，那样的日子能有个头吗？"我一脸迷惑地问她，而没有回答陈玲与李凌琛的关系问题，那个女子，我不想提了，越提越心烦。

"他是黑道，那李凌琛的电话咋个会在他通讯本的好友页上，别跟说我同名同姓，你们家老公的电话我又不是不晓得。"周科毅然决然，一脸不屑地说道。

虽然与章蓉波认识的时间也就数天而已，但周科已经收拾东西搬到了章蓉波租的那套房子住，她才不管那么多。

"我对我妈我爸说，我遇到了喜欢的男人，就跟他过日子了。"然后就搬走了，我都20多岁了，我妈我爸管不了我的，只要我平安开心就好了。

周科说只要不丢命，那么就让章蓉波那样子混下去，反正才二十出头，有的是大把的青春可以挥霍，以后的事情以后再说，反正她现在与章蓉波非常开心。我们谈了没多久，周科就匆匆告辞了，她是好又多超市的收银员，三班倒，今天上中班。

爱情是可以摧倒世界一切的毒药抑或超杀伤力武器的，我想这话一点也不假。陈玲、周科这样子的市井女子是那样的。李旭然也不例外，因为一个杜红霞，再加上前段时间涉案的事情，已经与从前判若两人。这两天，百瑞集团的高层忙得团团转，李凌琛的爸爸妈妈整天在外面忙。我不清楚发生了什么事情，但我明白，这与李旭然疏于管理有关。

李凌琛出差三天就回来了，这本来是要一周的，警方规定严格，他提前回来一定是因为家里有什么急事要处理。看着仅仅三天就瘦了一圈的李凌琛，我满是心疼。我不知道李凌琛是怎样用三天时间调查完需要一周时间做完的案子。案子上的事情，我即便是家属，也是不好多问的。

"我们家出事了，妈的 X，狗日的宇昕集团，为了挤垮我们，背后头下烂药，验收完的 IC 卡全部有问题，肯定是龟儿子买通黑道调包了。"李凌琛没来得及换警服，像扔皮球一样把自己扔在床上愤愤地说。

"小琛，快点，看一下有没有办法搞定这件事，要不然你干脆辞职算了。"李凌琛的老爸在外面催着。

警察是李凌琛最喜欢的职业，他不喜欢尔虞我诈的商场。IC 卡原来是百瑞集团在地方上的垄断行当，在一年前无端冒出个宇昕集团开始抢这碗饭吃。宇昕集团以前是做建筑工程生意的，看到百瑞集团仅 IC 卡就能赚上他们辛苦数年近百个中小工程的钱，于是也开始在高新区设厂搞这个开发。

虽然宇昕集团很努力，但百瑞集团毕竟做了那么久，而且李旭然做生意一向很敬业，与相关部门的关系也处得相当好，所以宇昕集团费了半天劲，也只是咬了一小块而已。

现在李旭然开始无心管理，李凌琛的老爸虽然是二股东，但负责的是百瑞集团的房地产开发，二爸则负责远在阿坝等处的矿产开发，所以这段时间，因为李旭然的颓废，百瑞集团元气大杀，生意上险情不断。

现在，这十万张 IC 卡，本来已经通过质监部门全面检测过关了的，但在交货时却发现没有一张合格。货是百瑞集团亲自送出去的，这个是没有假的，但如何会不合格呢？

据将这十万张 IC 卡送往电信局的司机和营销经理讲，送货时本来是从永丰立交桥直接奔浆洗街开过去的，但刚开过永丰立交桥就遇到了枪案，案发地就在二环路过去一点的红雁火锅的大门口。媒体和高新分局刑侦大队、高新巡大突击队都到了现场。由于枪案发生的时间正好是百瑞集团的送货车开过去的时间，所以，百瑞集团的车无疑要接受警方的例行检查。

据司机回忆，检查时间大概就是十来分钟而已，惟一巧的是，宇昕集团的运货车在他们车的后面。

由于不知道宇昕集团的运货车里面装的是什么东西，所以百瑞怀疑宇昕布了个局，用一模一样包装的坏 IC 卡调了包。十万张 IC 卡全是坏卡，这可是轰动全城的新闻。陈倩在锦江晨报上做了一个整版的视点报道，可能是对于百瑞集团有一种特殊的感情吧，她并没有对这件事做出肯定性的总结，而是用了疑点一、疑点二等数个疑点对整个事件做了分析，为自己的追踪报道留了后路。

集团出了这么大的事情，可李旭然居然独自到文殊院烧香去了，根本无心打理。现在，李家惟一能指望的就是身为华福派出所刑警的李凌琛了。

李凌琛继承了李家的优秀基因，他把生产这批 IC 卡的记录全部调来看了，这十万张 IC 卡全部合格是没有假的。那个没头没脑的枪案，李凌琛说又是新都大丰的那帮自以为是的涉黑集团搞的鬼。

李凌琛跟派出所请了两天假，先将那批坏卡收回，然后召开新闻发布会，通过陈倩，这个他的生死搭档小胖的情人，他旧情人的知心好友，将所有的媒体相关记者请到了百瑞集团总部的会议室，就事情做了澄清。

李凌琛作为警察，自是不好出面的，他把所有该做的事情拟了个新闻通稿，交给张家辉，并软磨硬泡地将颓废的李旭然请了出来。由于陈倩的努力，再加上百瑞为所有的媒体记者都发了一千元的红包，所以第二天的报道是非常有利的。首先是那批 IC 卡的生产记录和质监记录的照片，然后是百瑞集团董事长为自己的运输疏忽向公众和电信局诚挚道歉，百瑞集团在第一时间收回那批 IC 卡，然后在最短时间内赶制出第二批卡。

至于那批卡究竟如何会出现问题，目前高新分局正在进一步调查处理中。

"小琛，有没有办法查出来是不是刘宇昕的宇昕集团在背后搞的鬼？"李凌琛的父母希望李凌琛将事情做得再完美一些。

"查锤子哦。刘宇昕龟儿子老鬼，哪个不晓得嘛，没求得办法。只有以后找机会慢慢整他龟儿子噻。爸，你跟三爸他们还是要雄起噻，把他狗日的刘宇昕整来摆起再说。"李凌琛狠狠地吸了口烟回答道。

李凌琛说，这个事情能做到这一步已经不错了，目前是没有任何办法查出来的，即使明晓得是宇昕集团搞的鬼。现在亏个几十万是小，如果坏了百瑞集团的名声，那么以后就等于断了后路，一张卡也没有办法卖出去，那么百瑞集团就只有垮了算了。

我一方面佩服李凌琛处变不惊的努力，庆幸自己没有跟错人，但另一方面，周科的话老是在脑子里绕来绕去。李凌琛对黑道的办事方法那么了解，他是不是真的与黑道有染呢？

风月无边之夜色成都
美色是永远的诱惑
不能抵挡诱惑的男人是花心的男人
但所有的男人都能抵挡住诱惑吗

李凌琛协助他的父亲，与百瑞的长辈一起，费了九牛二虎之力，终于把 IC 卡的事情处理好了。这个小眼睛的花样美男，真的还有些前途，一边在派出所当刑警，一边还有精力帮家里处理那么复杂的事情。这样子的男子，我一定要把他抓紧才对。

还有三天就是大年三十了，这段时间发生了太多的事情，陈玲的死、李旭然的离婚，常常是一件事没完结，新的事情又冒了出来。我已经很久没有与我的李凌琛一起出去浪漫了。

今天没什么事，我想与李凌琛好好浪漫一下。这小子，他以为陈玲死后我才知道他的底细，其实不然，在他两年前勾兑我时我就知道了。我在川大读大二时，就开始为将来打算了，我知道，我没有陈玲那样的美貌，在这个美女如云的城市里，我能利用的就是装纯情小女人，装文静、装淑女。

勾兑与反勾兑本来就是夜色中的游戏项目，其实每一个年轻女子都知道。许多男人以为他搞了女人，在酒吧里一坐就把妹妹泡到了手，其实反过来说女人也在暗自高兴自己又泡到了一个帅哥。谁泡谁，谁勾兑谁并不重要，重要的是男欢女爱，是和谐。

我是在红瓦寺旁的小酒吧认识李凌琛的，那时候我读大三。正忙着联系工作单位，但我发觉现在的本科生遍街都是，工作根本不好找，必须读研。但我的父母都是簸桥5701厂的下岗工人，哪来钱供我读研，又哪来钱支付我在读研期间的花销？所以我一有空就打扮得纯纯的，坐在酒吧里，搜寻猎物，等待有钱的帅哥勾兑。

　　我的李凌琛是勾兑高手，我看着他的 Mazda 6 钥匙就知道他有戏。虽然还不知道他是那个集团的豪门阔少，但二十出头的小帅哥开 Mazda 6，家里没背景是不可能的。他坐在离我隔了一个桌子的地方，边上还有一个胖胖的小伙子，那就是现在的小胖。

　　我桌子上一瓶百威，我的眼睛不断地往李凌琛那里扫射，而且目光中有意无意地露出一丝天真。我想了一个办法，我拿着百威，招来服务生，

　　"先生，我是第一次泡酒吧，啤酒真的太难喝了，你能不能把它给退了。"其实我当然清楚，开了瓶又喝了一口的啤酒是不可能退的。"女士，啤酒开了瓶是不能退的，你拼个桌，把这酒送给哪位先生，自己再点别的饮料吧。"服务生有些为难地回答道。

　　"拼桌，咋个拼桌嘛，这儿又没有我认识的人。"我拿捏着说话的腔调，声音像刚发育成熟的童声，装作连拼桌都不知道。说话的同时，我不断地把眼睛往李凌琛那里瞟去，当然，还有桌上的 Mazda 6 钥匙。

　　可能是酒吧里经常发生勾兑的故事，服务生看了一眼李凌琛，非常善解人意地说，"女士，我干脆帮你问一下那两位先生吧，如果你愿意的话。"服务生指李凌琛说道。

　　李凌琛其实已经对我提起了兴趣，"美女，把酒送给我嘛，我请你，你喝啥子饮料？"他主动发招了。

　　我作害羞状低头说道："饮料我自己点，酒喜欢就送你吧。"

然后问服务生有什么饮料。

　　我要了杯冰水，装作很害怕的样子不答复李凌琛，等他死皮赖脸的来勾兑我。男人其实永远都对轻易得到的女人不珍惜，女人在某种意义上说是男人的猎物，男人在乎的是勾兑的过程和得到猎物的满足。

　　虽然我们在酒吧已经相识了，但我并没有马上让他跟我做爱，我不像周科或者陈玲或者陈倩，我需要的是未来的安稳日子，而不是搞男人。我要继续装纯情，让李凌琛费尽心机把我勾兑到手。

　　认识李凌琛后，我立马去做了处女膜，然后把原来的男人——那个做医疗器械的暴眼老头子给踹了。我要利用自身纯情的优势，把这个小眼睛的花样美男搞到手。

　　还好，他以为我走进了他布的局，其实谁布局谁心里最清楚。他给我买了手机、买兰蔻，拿钱养我，给我安排好将来的生活。他以为，他是我们两个勾兑与反勾兑当中最大的赢家，其实男女之间勾兑与反勾兑的结局，谁赢谁输，永远都不会有个准数。

　　今天，我再次发着嗲，我们昨晚做了一夜的爱，好久没有那样爽过了，我其实很懂床上功夫，我的床上功夫是用来拴紧李凌琛的，做爱还不简单，上网一搜，就知道该怎样让男人爽个够了。我们一直睡到中午，我像个小可爱，悄悄起床，把牛奶鸡蛋端到床前，然后再喂到累坏了的李凌琛嘴里。我要做个纯情的小女生，把这个男人和自己的前程捏在手里。

　　下午天气很好，我们开着 Mazda 6 在三环路一圈一圈地转着兜风，转了两三圈后，李凌琛把车拐上了武侯大道，开上了太平寺机场后门的首长路，在太平寺机场后门处停下。李凌琛轻轻地抱着我，说那个地方是他和陈玲经常偷欢的地方。又是陈玲，我猜想，李凌琛可能一辈子也忘不了陈玲了。

车后，太平寺机场飞机起飞的声音经常传来；车窗边，一轮红日正渐行渐落地挂在远处的农家小楼上面。我们就那样在车里相拥着，有一句没一句地聊天。

正聊着，李凌琛的电话响了，是小胖，我凑到电话边，一个女子正对电话发嗲："琛哥，你给那个啥子陈倩说我们的胖哥哥在跟你一起加班啊，我要胖哥哥，我都要想死他了。"

李凌琛说，那个女人是一个广告公司的策划，是小胖前几天在MIX认识的搅家，长得像容祖儿。那天一喝酒，两人就有了感觉，立马去开了房。又是搅家，这个严欧欧，还真有能耐，听人说陈倩是成都媒体有名的不羁才女，向来不把男人放在眼里，最多搞一下而已。

但再不羁的女人终究没能逃脱一个情字，陈倩永远未能料到她做个暗访居然与小胖成了情侣，还是正式的。这个火辣辣的美人儿一边忙着调查小胖的背景是否与黑道有染，一边算计着与小胖订婚的时间，简直服了她了。她说不管小胖与黑道有没有关系，她都要与小胖订婚的，如果小胖真与黑道有染，她可以利用自己的关系帮小胖解决问题，看来她的爱情观还是非常之简单的。

可男人不一样，女人再多再好也嫌不够，特别是在这个充满了太多诱惑的城市。有了陈倩的小胖，还是要出去搅，我想起，几天以前，李凌琛的电话也经常打不通，找他的搭档小胖，回答就是加班。难道我的李凌琛还是时不时地要出去与女人搅一下。

搞不清楚，是这个城市的男人花心，还是这个城市够风月。

太阳快掉下看不见了，我们决定去吃钵钵鸡，可东门大桥附近小巷内的早搬了，换成卖刀削面的，面馆老板说以前这里有个枪案，一个女子死于此处，原来的老板害怕便搬家走人了。

我让李凌琛将就一下，但李凌琛非要吃钵钵鸡，我知道他是怀念陈玲。这个女人已经死去了，我还有什么可以说的呢，于是，我们又折回双楠。

还有三天就要过年了，满街都是喜气洋洋的路人，当然更多的是那些挂着喜气的如云美女。钵钵鸡是成都的特色，大串大串的荤素菜泡在一大盆红油香料里，蘸着辣椒碟子，吃起来有一种市井的满足。当然，对这类吃食感兴趣的，还是以市井美女居多。

老板的话特多，我们一坐下，他就不断地说着以前有个穿着和气质都跟明星似的女子经常一个人在这里猛吃，我和李凌琛知道他说的是陈玲，只有她才敢穿着高档时装坐在街边吃钵钵鸡。这个痴情的性情女子，红颜已逝，我不知道该怎样形容自己的心情，对于一个用生命去爱自己老公的女子，我的心情有一丝感动夹杂着一丝痛苦。我发觉，李凌琛的眼中还是有一丝泪光。

在老板絮絮叨叨的语言中，我们艰难地吃完了钵钵鸡。李凌琛说带我到科华北路的良木缘咖啡店放松一下。这是我们以前勾兑与被勾兑常去的地方。灯光很暗，空气中钢琴曲若隐若现，最里面的情侣秋千座上，是相拥着的俊男美女。我不清楚他们是搅家还是正家，但我相信，他们至少在相拥那一刻是相爱的，哪怕只有一秒。

靠门的位置，有几个如我当年一年装纯情的小女生，穿着娃娃装，梳着清纯直发，但手里却夹着香烟。她们眼角的余光在扫视着单身男人桌上的车钥匙。我知道这个风月城市的诱惑太多，我突然觉得，陈玲、周科、陈倩她们是那样率真，为爱毫不掩饰，我突然想告诉李凌琛我装纯情骗他的事情，虽然我一直念叨他是我的第一个男人，但应该说他是我想嫁的第一个男人才对。

李凌琛抱着我，我们找了个角落，轻轻地相拥。看着李凌琛精致的五官，我突然发觉，我应该珍惜。不管李凌琛有多少搅家，我都应该好好珍惜。我应该如自己所说，做一个单纯的小女人，过我的日子，陈倩让我与她一起去调查什么黑道，纯属多余之举。

爱就是爱，爱的是身边这个男人，他是不是黑道都不能改变他是我身边的这个男人，我应该像周科学习趁着还年轻，好好地享受爱情，享受与自己爱的男人做爱的快乐。

这个城市诱惑再多又如何，男人再花心又若何，老子天天要他，把他榨干，看哪个女人还敢吵着闹着要我的男人。对，就这样子，把自己的男人缠死再缠死，在这个风月城市，我除了要学会发掘自身优势勾兑自己想要的男人外，还要学会守住自己的男人。

但事情永远没有我自己所想的那么简单，我们两人在良木缘坐到十一点多准备回家时，李凌琛却接到了小胖搅家的电话，说小胖在羊西线被人砍了，浑身是血，现在好多媒体都来了，她已经不晓得怎么办了。

李凌琛只得匆忙把我送回家，又赶到省医院去看小胖，小胖在羊西线被人砍，难道小胖如陈倩所说，也与黑道有染？

9

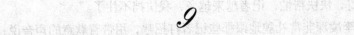

搅家在成都方言里指的是情人
情人是见不得光的
纵然为了爱人遍体鳞伤
也只有独自在夜里舔拭伤口
情人
一个美丽脆弱如阳光下肥皂泡的角色

"林蓉，快把你的老公喊到一起来，章蓉波在羊西线千家乐火锅被人砍了几刀，都快成血人了，正在西区医院治疗，病房内外都是警察，还有记者，我抓不到缰了。"我刚跨进家门，电话就响了，周科在电话一端焦急地带着哭腔说道。千家乐火锅城，那不是小胖被砍的地方吗？

我赶紧叫回刚走不远的李凌琛，与他一起到了附近的省医院。

省医院老住院部5楼的病房外，电视台、报纸，各大媒体的记者不断地推着小胖那个像容祖儿的搅家，要求进入病房采访小胖。

"小姐，我们只是想拍个照片，想看清楚那个警察被砍成了什么样子。"媒体的记者不断地推着"容祖儿"，不依不饶，非要进入病房。这些记者，都他妈的没良心的东西，人家都被砍成那样子还要去看个究竟。

"对不起，我们不能接受采访，请与武侯公安分局政治处联系。""容祖儿"剪着时尚的短发，手上缠着绷带，她不断地重复那句话，带着哭腔，估计那句话是小胖教她的。

看她那个样子，应该与陈玲一样，也是一个舍得拼的角色，估计刚才救小胖时被误伤了，看见我们来了，像见到了救星一样："琛哥，快快帮忙，记者越来越多，我快挡不住了。"

李凌琛非常礼貌地跟那些记者打招呼，用带着歉意的声音说：

"媒体的朋友，非常对不起，我的同事刚受了伤，现在连说话的力气都没有，而且事情经过复杂，又可能牵扯到在侦案件，所以我们只能说对不起啦。"说完，李凌琛把我和"容祖儿"拉进病房，重重地关上了病房门。

在关键时刻，能镇住堂子的，还是以男人为主，女人是感情动物，一上了感情，处理事情就没那么容易了。

小胖的头部和胸部各挨了一刀，但没伤到要害，被鲜血染红的夹克被扔在一边，它向我们展示着千家乐火锅城的惊险一幕。

"小胖说要到千家乐火锅城办事点，好像是找点过年钱，结果走拢就遇到混战，莫名其妙地就砍了。""容祖儿"显然受惊不小，说话的语气带着颤音。她的眼神里，流露出一种恐怖的神情，局促地坐在病床上，脚不停地地蹭来蹭去。

"乖乖，啥子找过年钱，这种话是不能说的哈，记倒起，对任何人都不要说。"小胖很着急，"容祖儿"可怜兮兮地点了点头。

"琛少，事情的经过我想你也猜了个大概，但具体过程不是你想的那样子，还要复杂一些，但派出所领导那边，我要麻烦你帮我摆平一下，该咋个说你肯定晓得噻。"小胖看着李凌琛，语气一下子安静下来。

正当两人准备商量时，陈倩在门外风风火火地敲着门，李凌琛把门打开，放了陈倩进来，但把与她同行的摄影记者挡在了门外。

看到病床上的小胖，陈倩只略微停顿了一分钟，就麻利地收起了录音笔和采访本，拿起了电话："主任，我见到被砍杀的警察，头部和胸部各挨了一刀，这件事情好像涉及到一个大案，目前报不出来，因为案子还没破。"不愧是才女，看到爱人受伤，立即就知道自己该怎么做了。

"陈倩，事情是这个样子，我和小胖到千家乐火锅城调查一个案子，正好碰见两个涉黑团伙打架，见情况不好，我们决定开车离开，我刚坐上车，走在后面的小胖就被砍了，那个是我同学的表妹，在那儿吃火锅，也被砍了一刀。"由于有小胖那个像容祖儿的搅家在场，李凌琛急忙地打着圆场，他知道，搅家和正家，都是男人不愿失去的东西。

陈倩没有吱声，我想聪明的女人都知道是怎么一回事，但如果非要弄个所以然出来对谁都没有好处，何况这里是病房，何况这里一片混乱。

她拿起病房内的水瓶，用病房准备的一次性纸杯倒了一杯热水，送到了小胖的嘴边，"老公，我来晚了，不知道是你受伤，我们领导只是说有个警察被砍了，怕热线记者搞不定，派我过来看一下。"

她一边说一边轻轻地爱抚着小胖的脸，我知道，她其实是用实际行动来警告"容祖儿"，"这是我的男人，你即使有机会搞他，也是抢不走的。"

而"容祖儿"，眼睛里有着难以言传的痛苦，她定定地望着病床上的小胖，望着陈倩把水喂到小胖嘴里。那样子，比大声哭诉更让人揪心，可怜的情人，可怜的搅家角色，没有强大的承受力，最好不要做啥子搅家，看见自己的爱人受伤，却不能正大光明地照顾他，这是怎样的一种痛苦啊。

看着眼前"容祖儿"和陈倩为一个男人而默默地上演一场暗战，我的心忽左忽右，陈倩和"容祖儿"，谁都没错，难道错的是小胖？我在那里成了一个无关紧要的人物，站在病房胡思乱想，正不知如何是好时，周科的催命电话又响了，我想这个女人虽然够邪气，但毕竟是市井女子，好又多超市的收银员而已，大场面还是见得少，于是望着李凌琛，希望阿琛能出个出意。

"琛哥，你们有事就先走，晚上我再打电话跟你联系哈。"搅在两个女人中间的小胖其实是最清楚我的感受的，赶紧递话给我们。这个死小胖，估计也吓得不轻，一会儿琛哥，一会儿琛少，称呼都变了两次。

见我们要走，受了轻伤的"容祖儿"也趁势退出，剩下那一对在病房里温馨。走出病房时，我看见"容祖儿"的眼中有泪花在翻滚，我轻轻地将纸巾递给她。我知道，其实她对小胖是有感情的，男女之间只要从一夜情转化为多夜情，就有感情存在，只是多少而已，少的呢，无所谓，多的呢，总是会受伤，伤得轻重要看遇到哪些事情了。

西区医院一楼，那些从省医院转台过来的记者正想办法偷拍病房内的章蓉波，守在病房门口的警察都被那些美女记者缠着不断提问。又是记者，我每次看见记者就感觉害怕，防火防盗防记者。

周科正坐在章蓉波边上，俏脸上，除了眼泪还是眼泪，我刚走到病房门口，她就扑在了我的怀里，把头埋在我的肩上，小母豹变成了波斯猫。

"林蓉，你和李凌琛赶紧想办法帮一下章蓉波，伤好了，会不会因为涉黑被警方询问啊。"跟我做了那么多年朋友，她还是第一次用恳求的语气说话，为了一个她心甘情愿爱上的男人。

李凌琛让我与周科先陪一下章蓉波，他亮出了警官证，向病房内的辖区派出所警官打听案情。病床上，章蓉波正满目深情的望着周科，他缓缓地伸出手，轻轻地把周科的手握住，嘴角露出一丝微笑。

他的眼睛如周科所说，如一汪深潭，这让我想起了陈玲，为什么男女两个绝色，我都是在病床边见到第一眼，难道冥冥之中，一切早已注定。

周科说，下午她正在超市上班，章蓉波说要去千家乐火锅城收点保护费过年，办完事就去超市接她下班。可她下班后左等右等也没等到章蓉波来接她，电话打过去，居然是派出所的警官接的，于是，她便飞快地赶到了西区医院，幸好伤势不大，治疗几天，伤口拆线后就可复原了，只是，还差几天的春节只有在病房里过了。

唉，这些人啊，为了钱，连年都过不好，为啥子嘛，我心乱如麻。"没事了，现在你们两个都不要担心，只是不要随便回答记者提问，好好照顾章蓉波。"李凌琛与派出所警官问完话折回来说。

但他除了安慰我们两个外，却没有与章蓉波打招呼，从他们的眼神中，我分明看出他们两个人是认识的，何况周科曾经亲眼看见章蓉波的电话本上有李凌琛的名字和电话。李凌琛和章蓉波到底是什么关系，为何那么神秘。

周科若有若无地给我递了个眼色，我知道，她是想让我把李凌琛与章蓉波的关系搞清楚。我回了一个眼色，我知道，现在要搞清楚章蓉波和李凌琛的关系，其实还不是时候。

千家乐火锅在羊西线外侧，位置绝佳，生意奇好。但羊西线美食一条街餐饮业火爆的生意同样引得一帮子吃玄钱的年轻小伙（成都话叫烂眼娃娃）有事没事敲诈一盘。于是，便有一帮涉黑团伙与各大餐饮企业达成一致协议，帮这些饭店餐馆扎场子，同时按月收取一定的保护费和过年过节的红包。

吃玄钱的多是三五个当地无业的小烂仔，比如丢包诈骗、押宝行骗。他们要么是苦肉计，称自己吃饭时受了伤，要么捏个蟑螂腿、油炸蜢蜢翅膀之类，索赔几百元小钱，打法律的擦边球；吃黑钱的则不一样了，至少有十多个人，有老大、有头脑，最低的装备是砍刀，能干点的还配有手枪或火药枪。这些我都听李凌琛讲过，其实很多辖区110和辖区派出所民警都认得那些吃玄钱的烂眼娃娃，吃黑钱的则要难认得多，因为他们基本上不浮面，一浮面就是大案子、大动作。

晚上十点，小胖打来了电话，第一句话就是陈倩回报社赶稿子去了，要40来分钟才能回来，然后他便开始了详细地讲述。原来，千家乐火锅城一直由西门一带一个涉黑团伙收取保护费，并称要保护他们的安全。今天这个涉黑团伙刚过来要过年钱，另一个由遂宁帮组成的涉黑团伙也赶了过来，称现在羊西线的场子是他们在罩。

由于千家乐火锅城老板与小胖是熟人，想到小胖关系广，便让小胖过来看一下怎么摆平，是谈判还是通知警方，并许诺给小胖一笔过年钱。本来派出所刑警的工资一个月也就是一千七八，对于要养一辆富康车还与"容祖儿"缠绵的小胖，哪够嘛。所以一听有钱赚，有意外之财，小胖立马屁颠屁颠地赶了过去。但没想到老板刚挂了电话，两个涉黑团伙就拿起砍刀砍了起来，光顾保命的老板哪记得通知小胖。

小胖本来今天是休假的，既没穿制服，也没带枪，惟一有的就是警官证，到了千家乐火锅城，他还没来得及亮证，就被误认为两个帮派中的一员，挨了几刀，"容祖儿"也受到了牵连。

了解清楚经过后，我长长的松了口气，要是小胖是为其中一个黑道办事的，那可真的惹大麻烦了，不单单是脱警服那么简单。

但章蓉波呢？我搂着李凌琛的脖子，我要他告诉我他跟辖区派出所民警对话的具体内容，章蓉波伤好后会怎么做。我刻意回避章蓉波与李凌琛认识的事实，我想现在整个事情还是一片混乱，现在问时机还不成熟。

"章蓉波嘛，他只是帮忙砍了一刀，只是他被砍了，没砍到别人，该挨的是老大，不关他的事，最多拘留十天，搞得好呢就啥子事都没有。"李凌琛话中有话，似乎在回避什么，既然他不愿多讲，我就不再追问了，只要章蓉波平安就好。

"小琛，你睡没，我们想跟你们商量一件事情，快过年了，你看林蓉是不是先搬回家住一段时间再说。"李凌琛的父母在我房间外着急地说着。

要我搬家？陈玲死后，李凌琛的父母不是态度已经有了很大的转变吗？到底怎么一回事？昨天李凌琛还深情地让我跟他们全家一起守岁，这变化也未免太快了吧。

10

爱情掌握在自己手中
为了那常乐未央的爱情
为了我能与我爱的那个男人在一起
我要倾力而为
不顾一切

"睡了，有啥子事明天再说。"李凌琛非常不高兴地向门外喊到。我知道，李凌琛其实在家里还是很听话的，不知道为什么这样子。看来，李凌琛和他的父母一定有什么瞒着我。

"林蓉，你明天乖乖收拾几件衣服回家哈，但不要把东西收拾完，我把家里的事情处理完再接你回来过春节。"李凌琛一边脱着衣服要我，一边无奈地说。

我像只猫咪一样配合着他，当我们的爱情逐渐平淡下来，李凌琛要我的时候就是在有事的时候了。我们的激情正在逐渐减少，我知道，这样子不好。我在他下面翻滚，我开始尝试在网上看到的新招式，做爱是维系男女之间感情的必需之物，我不能在这方面偷懒，尤其在这个风月城市。

这段时间发生了太多的事情，两年前的李凌琛是丝毫不假，场场真干的一夜七场，但现在仅仅两个回合，他就开始靠在床上吸烟了。男人这个东西，真他妈的经不起折腾，如果李凌琛到了四十岁抑或十年之后，我们做爱，是不是会一月一次呢，我不敢想。

"到底发生了什么事，老公，你告诉我，我们说过，两个人要好好地在一起过一辈子。你给我讲嘛，老公，乖乖，你最好了哈。"我一边耍赖，一边亲着他那轮廓分明的脸。

"宝贝，老婆，你不问，我还是要跟你讲的，放心，我说了要娶你，就绝不退场，除非你另外找到一个更好的。"李凌琛狠狠地吸了一口烟，缓缓地给我讲起了事情的经过。

英雄难过美人关，其实难过的应该是情关，美人是广义，准确的定义应该是使男人动情的女人让男人难过。杜红霞在世时，李旭然没觉得怎么样，直到她死了，这个来自雅安石棉瓦灰乡的绝色女子才成了李旭然心上挥之不去的记号。这个记号像一道伤痕，是肉里的一根软刺，时不时在阴雨天气或是某个说不清楚的时候，跳出来，把李旭然刺痛一下。经常被刺痛的李旭然似乎锐气渐失，现在李旭然做事情越来越不负责，不仔细，不管什么事情都是嗯嗯点头应付一下而已。

那次十万张 IC 卡出错，很明显是宇昕集团搞的鬼，可李旭然竟然没有奋起还击。那件事处理好后，百瑞集团好不容易喘口气，宇昕集团又接着在几家报纸上整版整版地接连打广告，称他们的产品如何如何好，矛头直指百瑞，让百瑞集团的 IC 卡陷入了困境。

说到这里，李凌琛语气有些哽咽，他抬起左手，轻轻地抚摸着我的长发。我知道，下面的话才是重要的。李凌琛这个家伙，太熟悉女人的心理了，男人对女人的爱意，是透过看似不经意的细小动作组成的一个又一个细节构成的，天天说"我爱你"的男人让人觉得虚伪，是泡女人级别最低的男人。李凌琛浓浓的爱意，透过他的指尖，穿过我的黑发，传到我的心里。

他顿了一下，重重地叹了口气，再次猛吸一口烟，接着往下讲：

成都鸿发集团是 IC 卡等电子产品的原材料供应商，宇昕集团和百瑞集团都在那里进货。董事长何鸿发与李家几兄弟是世交，关系非常好，尤其是其千金何小乔，一直都很喜欢李凌琛。两家曾经开玩笑说，何李两家联姻，门当户对，男才女貌，那简直是天作之合。何小乔对李凌琛一直很好，但李凌琛却一直把她当妹妹，两年前，何小桥到新加坡留学，青春叛逆的李凌琛才有机会找到我，并不顾其父母坚决反对，在没有正式结婚的时候就把我带回了李家，让我们木已成舟，生米煮成熟饭，既成事实。其实，当时他在背后挨了他父母很多的骂，而且一度被切断经济来源，靠派出所一千多元的工资养我、养自己、养 Mazda 6；如果借钱，还要跟他妈打借条，拿了工资必须还。直到陈玲的死，他的经济才宽松了一下，才可以找他妈要钱用。现在，百瑞集团的家业面临着空前的竞争压力，而何小乔正好从新加坡回来过春节，何李两家旧事重提，决定再给两人创造机会，豪门联姻。这两天，何小乔要到李家做客，我在那儿显然不合适。由于李凌琛的坚持，李凌琛的父母也不好意思现在逼着我与李凌琛分手，所以用了这个缓兵之计。

豪门难入，我已经接近成功了，我的研究生考试已经通过了，有了硕士文凭垫底，我还怕什么呢。不就是个宇昕集团吗，不就是涉黑的狠家吗，老子要向陈玲学习，拼了命争取自己的爱情；对，拼了命也要把握自己的爱情，还有自己的男人！

第二天，我非常礼貌地离开李家，我把我的内衣放在床头，他妈的何小乔，管你是什么出身，你是千金小姐又如何，你在我之前认识李凌琛又如何，你又没跟李凌琛做过爱，只要你敢碰我的男人，那么我的内衣就会证明我的存在。我用一种非常坚定地语气对李凌琛的父母说，过两天我就回来！

"林蓉啊，其实我们也只是让你在过年的时候好好陪一下你的爸爸妈妈，没啥子别的意思。你不要多心，过两天我们就让小琛给你打电话，最多初八你就回来哈。"我走到门口时，李凌琛的妈妈叫住了我，用一种非常虚伪的口气对我说道。

生意人，真的太假了，想着我与李凌琛同居了那么久，李凌琛与何小乔又只是停留在发展阶段，于是革命生产两头抓，让我避一段时间，让李凌琛与何小乔发展，太狡猾了，真他妈黑。

李凌琛如往日一样，牵着我的手，扶我上他的 Mazda 6，车子缓缓地驶出紫云花园的大门，我不禁想哭，我想起了陈玲的常乐未央。李凌琛曾经在那个女人死时对她说爱她，常乐未央，那么他心里是否还爱着她呢。现在陈玲已经不在了，我要争取李凌琛对我说常乐未央，我要争取，不仅仅是为了入豪门，更是为了我的爱人。我要倾力而为，不计后果，因为我要与李凌琛过一辈子，这个小眼睛的花样美男，我要定了！

我的家很普通，在 5701 厂八号园一个陈旧的单元楼前，李凌琛从未进过我的家门，我知道，这个豪门阔少，纵使在华福派出所当刑警，与三教九流接触着，也决不会放弃他的豪门做派。在我与他的婚事没有真正确定之前，他是不会与我的父母相见的，这个让人又爱又恨的李凌琛，这个豪门阔少与小警察的综合体，让人把抓住他当成了一种刺激的挑战。

父母没有问我为什么不叫李凌琛上楼，其实李凌琛利用他的关系网已经帮我们家做了很多事情了，每次我从那辆宝蓝色 Mazda 6 上下来，都会迎来邻居们艳羡的眼光，这更加坚定了我抓住李凌琛的决心。

我看着李凌琛离开宿舍大门，看着那辆宝蓝色 Mazda 6 裹着灰尘消失，我的心一阵阵抽得慌。

我匆匆地收拾了一下东西，拿了我的大学毕业证和一些程序作品，匆匆下楼，我要到宇昕集团去，听说春节集团有很多骨干要回去过节，我要趁这个机会打入宇昕集团，搞垮它，宇昕集团涉黑这是无疑的，反正有陈倩做接应，还有周科刚搞的那个男人章蓉波，老子这一次反正是被惹毛了的，敢让我莫名其妙地丢失爱情，简直是做梦。老子是温柔、是纯情，但那是为了李凌琛那个豪门阔少装的，现在，为了这个豪门阔少，我要像白蚁一样，一点点地搞垮宇昕集团。

我匆匆地收拾了自己的学历证书和一些设计作品，我是业余程序设计高手，只是很久没用了，因为我明白女人干得再好也不如嫁得好，现在为了嫁得好，我还得用一下自己的所学。快过年了，宇昕集团只有生产指挥中心和行政部、财务部等中枢部门有人值班。我径直找到行政部，称自己马上要读研了，春节期间想打点零工，为读研攒点学费。

我与陈玲不一样，我的外表很斯文，看起来很纯情，让人没有一点戒心，非常适合做小文员或是董秘之类。我的目的在半个小时的面试和笔试后就顺利达到了，看来，在这个城市，美女永远是吃香和受欢迎的。

我没有要求坐办公室，我要求在生产部门或运输部门，一方面可以收集些资料，另一方面可以搞清宇昕集团到底在干些什么勾当，生产部门和运输部门的工人接触面广，知道事情多，口风也不紧，只要我稍加试探，他们就会说些对我有用的东西来。

天遂人愿，我到生产指挥中心做调度，协调每个车间加班工人的安排。我装作很老实的样子，在里面工作着，大年三十晚上，我想着李凌琛可能正与何小乔在饭桌子上勾兑与反勾兑，心里就是一阵来气。我他妈的不就是想嫁个自己满意的男人吗，怎么这个小小的要求都那么难达到。

我把生产中心的流程翻了出来，现在工作人员都去吃年夜饭了，想着我老实，他们让我值夜班，正好，老子慢慢收集证据。

这个流程图怎么与李凌琛爸爸拿回家的一模一样，再一翻，居然有百瑞集团生产部门的章在里面。"偷窃技术机密！"想不到初战告捷。先把这资料复印下来再说，我决定把这些东西全给陈倩，让陈倩以暗访的借口把这些东西转给公安机关和百瑞集团。陈倩一定会替我保密的。

我把那个最重要的证据复印好后放在了我的背包里，开始无聊地在网上乱逛。

"林小姐，你还没休息啊。"一个负责给生产车间运货的小伙子走进办公室套近乎。

"今天只是赶货，你们司机还要上班啊。"我不放过任何一个在宇昕集团发展线人的机会。

"今天有点小货要送到太空娱乐城去，快过年了，娱乐场所生意好得很。你应该晓得噻。"那个小伙子以为我是宇昕集团的熟人介绍来的，毫不避讳地回答道。

送货到太空娱乐城，我想起了李凌琛对凤音娱乐会所两个吸 K 粉女人的漠然，想起了自称自己卖 K 粉和摇头丸的章蓉波，想起了李凌琛与章蓉波那种默契的眼神，宇昕和百瑞，两个实力相当的集团，送的那些货，是否与毒品有关呢？

我不好多问，言多必失，问多了对我自己也没有什么好处，我假意很想认识那个小伙子的样子，非常认真地看他说："我是川大刚毕业的，正准备考研，现在在这里打点假期工，以后可能还要你多帮忙啊。"我把话递给他，想试一下我在他眼中的分量。

"莫得问题，莫得问题，我在宇昕集团好多年了，刘宇昕董事长是我的远亲。我叫钟富贵，有啥子事情，林小姐你尽管说哈。我保证随叫随到。"钟富贵，一个土得不能再土的名字，他非常激动地把他的电话给我，也顺便要了我的电话。

我是李凌琛的同居老婆，百瑞集团未来的少奶奶，永远不能失手，在去宇昕的路上，我就买了个小灵通，用作在宇昕集团打工期间的联系电话，以后不用了就送给陈倩作暗访用。我把这个小灵通号码给了钟富贵。

钟富贵走后，我开始在办公室仔细策划我在宇昕集团的卧底计划。过两天，李凌琛肯定要把我接回去的，李凌琛很忙，在回紫云花园后，我要装作四处耍的样子继续在宇昕集团呆下去，直捣老巢，争取我的爱情。我就这样慢慢地想着，一个大胆的计划正在我的脑中逐渐成形。

爱情可以让一个人改变
如果爱情之中还掺杂着利害关系
那更容易让一个人改变
林蓉爱李凌琛
更想做李家少奶奶
何小乔的到来
爱情的艰辛
让她一变再变

我的计划很大胆，在将整个计划在脑子里过一遍的时候，我突然有了一阵恐怖感。为了李凌琛，我这样子做，到底值不值得？

陈倩、章蓉波、周科、小胖这些统统是我利用的对象。我没有惊人的美貌，但清纯和文静是另一种美，比绝色更为吸引男人，所以我要把我的计划分为三步：第一步，四处挑逗生产车间未婚和已婚的男人，让他们为我争风吃醋，为我抖落老底。这是一招险棋，如果我与李凌琛在一起，这些被我挑逗的男人打来暧昧的电话，我该怎么办？桌上那部在去宇昕时新买的小灵通透着白色的金属寒光。我怎么忘记了这个小灵通呢？我到宇昕上班时就把小灵通拿在手里，离开宇昕就扔给接应的陈倩，关机或开机随她。陈倩的职业有其特殊性，她接电话时完全可以避开小胖，很简单，"在暗访"，这样一个借口就很容易地把小胖给打发了。

第二步，在夜色中潜入娱乐场所，装小包面粉冒充 K 粉，那天跟李凌琛已经看过 K 粉了，跟面粉确实差不多。我把自己伪装成粉妹，调查娱乐场所的白粉究竟在哪里购买，最终的上家又是谁。这是最危险的一招，如果一个男的看上我把我洗白了怎么办啊？所以我必须牢记章蓉波和周科、小胖的电话，遇到危险第一时间通知他们来救我。

第三步，牺牲一点色相，接近刘宇昕，录下他的音，让他自己把自己整进一个圈套，因为即使从宇昕员工那里把证据落实了，刘宇昕完全可以以自己作为董事长不知道解脱罪名，这需要我向陈倩讨要经验，实在不行就让陈倩上，要不然可真的前功尽弃了。

有了计划，我就开始实施了，我不知道最后结果如何，只是想，既然陈玲为了那句常乐未央可以付出性命，我既然已经是李凌琛的同居女友，为什么不能多做点事情，与我的爱人长相厮守地守在一起呢？

第二天，大年初一，我应该休息，但我还是在中午吃饭时有意带着点家里的香肠和腊肉，用微波炉打得热乎乎的，到了宇昕的员工食堂，送给了那个叫钟富贵的司机，祝他新年快乐。见我如此细心，钟富贵边上的同事立马有意见了。

"小林，给我两片腊肉嘛，我叫万得丰。"那些男人全都挤了上来。钟富贵，万得丰，全是些俗得不得了的名字，要是他们晓得我是百瑞未来的少奶奶，还能那么猖狂吗？算了，忍一口气，为了李凌琛，为了我常乐未央的爱情，我要按计划行事。

我在食堂里和这些明显与我不是一个档次的工人、司机们摆着龙门阵，东拉西扯地聊着成都的天气真好啊，这些无聊的主题，然后又转到中层人员那里讨论管理软件更新的问题，我要让那些工人明白，我是可以与他们打成一片的，但我肯定与他们不是一个档次的人。

有些男人，如果不能通过自身努力提高自身的社会地位，那么多半愿与比自己高一个层次的女人成为暧昧的朋友，无形中也提高了自身的档次，我要利用这样的男人这一点为自己找机会。

我回家后，钟富贵给我打来了电话：

"你好，请问是林……林蓉吗，我是钟富贵，我想问……问一下你今天晚上有没有空。"

这个不结巴的男人在电话里语气局促，透着不安和自卑。

"哦，钟富贵嗦，让我想一下哈。嗯，嗯，今天晚上我正好有点空闲时间要打发。"我一边用虚伪而纯情的腔情答复着他，一边在心里骂他，就因为几片老腊肉和香肠就以为我还真看得起他了，这男人胆子也太大了。

在没有遭到我的拒绝后，钟富贵换了一种非常欣喜和兴奋的口气约我到太空娱乐城喝酒聊天。

放了电话，我不禁拍了拍胸口。幸亏我现在住在家，看来要是李凌琛接我回去，我一定得把那个小灵通扔给陈倩，免得给自己惹麻烦。李凌琛还是那么忙，他只是在电话里给我安慰，柔声地说他与那个何小乔什么也没发生，他正在争取他父母的同意，争取我们的将来，但现在宇昕的产品与百瑞的一模一样，百瑞的威胁真的太大了。

我装作什么也不知道，只是表明自己会听李凌琛的话，顺便暗示他，我是他一辈子的女人，他必须要对我好，因为我是一个单纯的女人。

与李凌琛通完缠绵的电话，我打车来到了太空娱乐城，钟富贵想开车来接我，我拒绝了。他以为他是谁，这样子说话都透着自卑的男人，会开得上什么好车，最好也好不过奥拓。这样子的男人，我能让他晓得我家住哪里吗？

我穿得很保守，高领毛衫，休闲外套，我要与那个钟富贵保持界线，虽然他很善良。

"你为啥子选太空娱乐城呢？"我一坐下就明知故问地发话。他已经早早地坐在了情侣坐上，眼睛不断地向门口打望，很容易就把我找到了。

"我到这个地方可以打折噻，我一个月只有一千多元工资，肯定要省着花嘛。"接着，钟富贵挪了挪了椅，靠到我身边，用右手捂着嘴巴，装作很神秘地样子说道：

"林蓉，我跟你讲一个秘密，你不要给其他人说哈。宇昕集团的K粉和摇头丸大部分都送到太空娱乐城，我是刘宇昕董事长的亲戚，所以才负责送货，才晓得这些事情。"这小子，为了接近我，竟然想出了摆悄悄话的招数。

我依然装得如清纯百合，我要了杯饮料，随着音乐点着头，装作很感兴趣的样子，让钟富贵继续炫耀。有钱的男人和有社会地位的男人是不需要炫耀的，甚至泡女人也不需要很多钱，女人自然会上钩，比如李凌琛。

能够有机会挣钱的男人才会炫耀自己现在的金钱和更加美好的

将来，而如钟富贵那样的人，知道自己无一技之长，一辈子可能就那样平凡，在自己心仪的女人面前，能够炫耀的，只能是自己知道的秘密和与老板的关系。

钟富贵从宇昕集团成立开始就负责运K粉和摇头丸了，因为他是刘宇昕在老家的远亲，所以能做这项机密工作。"我跟刘董是亲戚。"钟富贵不断地重复着这句我已经听了N遍的话，且把刘董和亲戚两个咬得特别重。

之后，他又跟我讲了他取货的地方、交货的方式、结账等方式，我不断地灌他酒，不断地套他的话，我用陈倩借给我的录音笔把这些东西全都录了下来，让陈倩跟我一起一步步地去证实。

英雄难过美人关，是男人，不管是不是英雄，为了得到自己想要的女人，总是像一个傻瓜一样，任由摆布，什么话都要说出来，太喜剧了。

这个男人很节约，买的二手奥拓成色还挺新的。他已经醉了，是不能开车的了，那我要不要送他回家了。走出太空娱乐城，我就闪到一边，与他保持明显的距离。我思忖了半天，最后对自己说，算了，今夜很感激他对我的倾慕，抖了那么多东西出来，勉为其难地送他回家吧，毕竟这人不算坏。

"钟富贵，你把车钥匙给我，我送你回去。"我对他说道。

"林……林蓉，你会开车，好嘛，好嘛，我住肖家河，近得很。"醉醺醺的他显得非常满足，奥拓车是没法遥控开锁的，他把车钥匙递给我。

我看得出，他想拉我的手，我用1/10秒的时间抓过车钥匙，我不讨厌眼前这个男人，但也不喜欢他。所以我不想他碰我，很幸运，他只是与我的手来了一点点的亲密接触。

他在肖家河租的房子，是拆迁房，在离肖家河菜市不远的一个巷子里。这个二手奥拓与李凌琛的 Mazda 6 开起来简直是两种感觉，像辆拖拉机，换个档都要费劲，钟富贵还在那里不断地指挥我右拐、右拐，弄得我非常不舒服。看来还是自动档巴适，我把他丢在楼下就打车走了。我想我的聪明可能只比陈玲差那么一点吧，从钟富贵那里套了那么多话，他居然只是在递车钥匙时碰了一下我的手。

但仅仅知道是不行的，我要实在的证据。听钟富贵说，过了正月十五，宇昕集团又要收一批 K 粉和摇头丸，地点很神秘，我该如何抓个现行呢？

12

情字最伤人
门不当户不对的情人
不仅伤了自己
也伤了家人
那是怎样的伤害
只有当事人自己最清楚

大家都忙着过年，在这个一年中难得的传统假期，宇昕集团的事情有了些眉目，我也开始准备在家里好好休整几天，等候李凌琛把我接回紫云家园。我不能光顾着打败宇昕集团，我要继续做个李凌琛眼里的纯情小女人，要做他的女人。

这几天，钟富贵一直打电话，大概是那夜我与他喝了酒，这个有些单纯的底层男人以为自己有了艳遇吧。所以才不甘心，不死心，企盼更深一层的发展。聪明的男人是女人调教出来的，我的李凌琛揽的女人多，所以他能分辨出哪个女人可以勾兑，哪个女人是在利用他，所以才有了陈玲那样愿意付出生命来爱她的绝色女子在他身边。钟富贵生活在底层，为生活而奔波，接触的女人少，一点点地小接触就让他激动，就让他兴奋，连我对他有没有感觉这种东西他都分辨不出来，一个字，笨！

我把那个小灵通扔给了陈倩，这个才女很会把握尺度，她没有伤害钟富贵，只是对钟富贵说我到某县走远亲去了，小灵通没信号，就扔给了她，等回来后·定会找他的。钟富贵想到我专门给陈倩交待了他的电话，自是心潮澎湃，稍微有点什么事情都会向陈倩报道，因为我消失之前跟他说过，陈倩是我最知心的好友。

这几天，上QQ，晚上临睡之前等待李凌琛的电话，成了我最主要的事情。而看着我大过年的还要出去打零工，我的老爸老妈开始着急。他们反复向我打听李凌琛的情况，担心我被李凌琛给扔飞了。

我的父母如成都许多早期的工人一样，在上世纪八十年代，有着天生的优越感，做惯了工人老大哥，老是看不惯其它阶层的市民。现在，工厂改制，他们不再吃香和富有，成了城市新贫族。他们省吃俭用地供我念完四年大学，希望我能出人头地，但现在就业压力如此大，早在大三开始，我便利用自己的清纯外表四处勾兑，最开始，找的是一个开石油天气咨询公司的老男人，可老男人除了拿钱给我用外并没有更多打算。那个同样姓李的老男人，家里的老婆年轻时也还称得上是个美女，纵使人到中年，身材也保养得没有一丝多余的赘肉，老男人说老婆再漂亮也有审美疲劳的一天，所以选择了与我搅在一起。正当我快绝望时，李凌琛及时地在那个小酒吧出现了，认识李凌琛的第二天，我就跟老男人扯脱了，然后要了他一笔钱，重新包装自己，做了处女膜。

所以，我还没结婚就住在了李凌琛家，我的父母是非常支持的。李凌琛是我们全家的希望，我必须倾尽全力扭住他。上次陈玲出事我搬出又搬回李家，一方面是因为我对李凌琛有感情，另一方面自然有父母劝告的功劳。

正月初八，李凌琛再次开着宝蓝色 Mazda 6 来到了我家楼下，在电话里喊我下楼。其实，我非常希望李凌琛这个与我同居的未来老公能拎着点礼物，即使是几斤苹果也好，看一下我的父母，给他们拜个年，但他没那样做。

我的父母似乎很懂事，老妈拿出了几斤她亲自做的香肠和腊肉，让我带回去给李家的人尝尝。

"拿啥子嘛，你们就不能争点气！"我叫嚷着，把那些香肠和腊肉扔在饭桌子上，摔门而出。我不知道为什么会那样冲动，这几天宇昕的事情把我整得心里特别烦。

在关上门的那一刹那，我突然蹲在了门口，我发觉心好痛，难道豪门和贫户就那样难以水乳交融吗？我为我自己，为我的父母感到可怜，养了二十三年的女儿，白白送到了李家，应该表示感谢的是李家才对，凭什么要我的父母和我受气。我重新推开门，对父母说了声对不起，然后头也不回地，咚咚咚，三步并两步下了楼。

Mazda 6 上有 KENO 的冰之恋香水味，我很少用香水，偶尔用的也是绿茶味道的，我明白，惟一的可能是——何小乔。

"你刚送过何小乔吗？"我小心地拿捏着语气问李凌琛，我知道，如果我不懂事，醋吃得太大，李凌琛会对我发火，不再理我。

"她下午的飞机，我们两家一起吃的午饭，乖乖，放心，没有背叛你。不信你闻一下我的耳朵。"他洒了一点 BOSS 香水，男人洒香水有两个好处，一个是为了吸引女人，另一个是掩盖另一种味道，一个女人的味道。BOSS香水味有些重，闻不出冰之恋的味道。李凌琛一边说一边开车，一边用右手轻轻地抚摸着我的头发。他曾说，他在网上查过，用手轻轻抚摸爱人的头发，会让爱人感到温馨。这个多情的浪荡公子，哄得我和陈玲，都心甘情愿地围着他转，念着他、爱着他。

双楠的紫云花园离簌桥的5701厂并不算远，10多分钟后，我们就到家了。回到那个熟悉的家，我感到，李凌琛的父母在与我熟络的招呼中有一种客气存在。房间里，还是有KENO冰之恋的味道，床头柜上多了一个摆设，是阿琛喜欢的保时捷车模。很精致，漆水很好，李凌琛工作忙，没有逛街的习惯，而且这么好的车模，国内是很少有的，应该是何小乔送的。又是那个何小乔！我心里已经开始冒火。

李凌琛从背后轻轻地抱着我，吻着我的耳朵："宝贝，放心，何小乔要夏天暑假才能回来，这半年时间，我想我努力一点是没有什么问题的，只要百瑞集团好了，我就可以拒绝何小乔了。"

是啊，我有半年时间争取，我不知道，我只是想要一份常乐未央的爱情，为什么就如此之难。我好羡慕陈玲那个叫石兰的同学，平淡、富足、闲适。我只有半年时间，我要努力读研，要拿到硕士文凭，还要想办法按我的计划搞垮宇昕集团。天哪，我是个没经过多少世事的小女人而已，仅仅为了个李凌琛和自己想要的婚姻生活，就要做那么多事情，做人，真的是件郁闷的事情。

因为我离开李家几天，李凌琛的妈妈决定让我们一起在家里吃饭，也算是团聚一下吧。我以为在饭桌子上会好一些，但我错了，在红木餐桌的中央，摆着一束怒放的干花，餐厅一角的大白瓷花瓶里，是金银柳，李凌琛的爸爸一边吃饭一边势利地指着那两束花说："何小乔不愧是鸿发集团未来的掌门人，送花都有讲究，金银柳招财进宝，干花不干，颜色鲜艳，增进食欲。"

我艰难地嚼着一块腊肉，不过短短几天没回家，就像变了一个世界一样。车里、家里，到处都是何小乔的味道，现在，居然在饭桌上洗涮我，是，我的家庭很普通，但这并不代表我不优秀啊。李凌琛不过是野鸡大学的毕业生，如果离了李家，什么都不是，要数优点，就是能骗女人，泡妹妹而已。我一个在读研究生，又会做那么多家务事，李凌琛下班回家，连灯泡也舍不得让他换一下。我长得虽然比不上陈玲的姿色，但也不算差啊，凭什么要受这份气！

我想拍桌子砸碗，想骂人，想把心里的怨气全发泄出来，但想到父母那份企盼的眼光，想到他们两个加起来不足 600 元的退休金，想到一年 9000 元的研究生学费，我忍住了。

我就当什么也没听见吧，我在心里一边仔细盘算着如何搞垮宇昕集团，一边对李凌琛的父母讨好的微笑着。吃完饭，我像个女仆一样洗碗，收拾，韩信能忍胯下之辱，我就不能忍那几句风凉话和一副坏脸色吗，老子忍了，等搞垮集昕集团，我就与李凌琛先把结婚证领了。

与李凌琛成了正式夫妻，我还有什么脸色好怕的呢，要离婚，离就是了，按法律规定，我至少能分个百八十万吧，想着想着，我的心理就平衡了，好日子是看得见的，我就不信李家对我的态度不能转过来。

"林蓉，晚上没事，一起到大唐人喝会儿茶，洗会儿脚吧，章蓉波出院了，我想带他放松一下。"周科在电话里兴奋地宣布着。

章蓉波，这个自称黑道的小流氓，他不是在我的计划之中吗，向他打探一下哪些人在卖摇头丸和 K 粉，我想会打探到一些东西吧。我爽快地答应了周科的要求。

13

晚上八点，周科和章蓉波在大唐茶府的包间里打来了电话："限你 5 分钟之内过来哈，我们已经开始洗了。"李凌琛今天晚上要值班，他的父母在自己房间里看着电视。

我匆匆换好衣服，往大唐茶府走去，大唐茶府离紫云花园走路也就 5 分钟吧。在这短短 5 分钟里，我把如何向章蓉波打探 K 粉和摇头的过程盘算了又算，心想，不管怎么样，一定要问出个所以然来。

虽然大过年的，但茶楼照样人满为患，大厅里，是斗地主斗在兴头上的男男女女，洗脚房包间里，喜欢闲适的人们正在舒服地享受洗脚妹有力的指法。这是一个繁华盛世，这个风月城市，处处透着闲适，我的生活看起来也是那么闲适，但我想，每一个人的闲适都或多或少地有一些无奈掺杂在里面吧。

三人包间内，周科和章蓉波已经泡完脚开始接受小妹的按摩了，我要了普通的中药泡脚，周科的工资不高，一千出头，章蓉波的收入我不清楚，但既然是黑道的小流氓，我想收入肯定是极不稳定的。这对苦命鸳鸯请客，我不能敲诈他们才对。

"章蓉波，我听周科说了你好多回了，这回我们还是第一盘在一起耍哈。"我微笑着与他打招呼。

"老公，你可不要小看林蓉哈，她娃头儿凶得很，老公是百瑞集团的琛少，她就是未来的少奶奶，以后我们两口子没钱用了，就找他们哈。"周科为有我这样的朋友而得意。

章蓉波用他那迷离的眼神看着我，未置可否地笑了笑。他的笑容和他的眼神一样让人捉摸不定，搞不懂他心里究竟在想些什么，他的脸上没有李凌琛那种邪气，但同样很吸引女人注意，是那种有些不羁的感觉，像一朵莫测的云一样。怪不得周科跟着他到了派出所，再跟到白果林那个小窝。男人永远不像女人，有精致的五官就行了，要有气质，不管是书卷气还是邪气，只要是独一无二的气质，就能吸引到对那种气质过敏的女人，就像陈玲为李凌琛的邪气而陷入其中难以自拔，最后为爱拼出性命一样。

"听周科说你在混黑道，黑道是不是黑门吓人哦，那天羊西线的千家乐火锅城出事的时候，我看到那些警察围在病房里，还有你身上的血，简直把我吓瓜了。"我半是重庆话半是成都话力图以轻松的语气打开话题。

"我就是个小流氓，混而已，我也是野鸡大学毕业的，不喜欢人家管我，不喜欢朝九晚五，只有混噻。"章蓉波的语气依然淡淡地，犹如在说别人的事情一样。又是野鸡大学，与李凌琛说的语气差不了多远，其实野鸡大学就是五大生（民办或是其他类型的专科学生），叫野鸡大学是为了调侃。

"那你的收入咋个算喃，周科碰到你那天，你好像正因涉嫌贩毒被送进派出所审了几个小时。"我把脚很舒服地泡在中药水里面，继续不依不饶。

"我的大小姐，大过年的，你就不能问些好听的，就不祝福我们两个早日修成正果，尽问些不舒服的问题。"周科似乎有些不满了，是的，她爱这个不羁的男人，但从内心来讲，她还是希望与章蓉波过平淡日子，白头到老的。

"噻，祝福你们两个帅哥美女生一堆娃娃在那儿摆起，满足了噻，我还不是好奇。"我赶紧打着圆场。

"没事，林蓉，我想你也只是好奇，虽然你的老公是警察，但那与你没多大关系。说白了，我就是个小生意人，只不过卖的东西有些特殊而已。"章蓉波的回答倒是爽快。

"你在哪儿进货呢？"我故意睁大眼睛，用非常纯真的声音问章蓉波，装单纯永远是我的强项。

"有人送货，我们是小贩子。开宝马、开奔驰，送货的啥子人啥子车都有。"说完这句话，已经按摩完的章蓉波开始眯着眼睛开起了电视。

见章蓉波的回答已经到了底线，我也不再作声，开始与周科聊起了今年春天会流行什么样式和颜色的毛衣。服饰，永远是我们两个女人的讨论主题。女人，不管是什么阶层，不管接受的是什么教育，都是爱漂亮的，只是爱漂亮的角度不同，我和周科，一个是在读研究生，未来的豪门少奶奶；一个是高中毕业生，超市收银员，黑道小流氓的情人，这个奇怪的组合往往会在服装方面碰出惊艳的火花。

当然，我也要与大学同学来往，但大学不一样，各人有各人的事情，我学的是企业管理，为的就是未来能步入豪门。但寝室里全是些企业家或是暴发户的女儿，我的家境是清贫的，我除了练习装纯情，练习勾兑功夫外，就是努力泡图书馆武装自己，那是非常不爽的四年。我之所以能找回自信，全奈周科，这个只读了高中的市井女子，跟她在一起，我有自己的优势，所以她是我永远的知己。

章蓉波说娱乐场所吸 K 粉和摇头丸是很稀松平常的事情，看来，我必须按照我的计划，装成粉妹，才能收集更多的证据，不入虎穴焉得虎子……

14

爱情可以让男人无坚不摧
同样也能让女人无所不往
林蓉为了与李凌琛的爱情
独自融入夜色，扮作粉妹

李凌琛是派出所的刑警，与倒班的110不一样，每个派出所值夜班的时间都要不断地调整。以前，我是万分不希望李凌琛上夜班的。虽然我跟李凌琛主要是为了将来的富足生活，但作为一个小女人，我还是希望能与李凌琛平平淡淡地过小日子。大富不用言说，只要我还是李家的人，那么我往人前一站，人家自会知道我是豪门少奶奶的，所以我最大的愿望就是与李凌琛——我的老公，平平安安地过日子。

正月初九到正月十一，我都与我的李凌琛在一起，除了上厕所，我们像一双筷子一样形影不离，这三天李凌琛休息，他说要好好陪我。离宇昕集团那个送货的傻瓜司机钟富贵说的宇昕进K粉和摇头丸的日子越来越近了。而我这边，还没有一点眉目，陈倩继续利用她的聪明不断地套着钟富贵的话。刘宇昕是个超级狡猾的家伙，这个靠着做建筑生意发财的圣灯乡农民，一边想做成都第一集团，一边又想着一夜暴富，什么生意都敢做，钟富贵只负责送货，接货的人是刘宇昕身边的人，钟富贵根本没机会认识。我要继续我的计划，扮作粉妹，融入夜色，融入夜色中的风月地带，要打听清楚，粉哥粉妹喜好的 K 粉和摇头丸究竟是什么人在操作。

正月十二，李凌琛在家睡了一天，他要上夜班，要在华福派出所值一个通宵，这是我的最佳时机。

"李凌琛，我有些想我的爸爸妈妈了，你先送我回家去吧，明天下夜班你睡到下午来我家接我去吃钵钵鸡吧。"我向李凌琛撒娇。

平心而论，李凌琛真的很会讨女人欢心，听到我说想家了，他在家匆匆吃完晚饭就把我送回家了。

"老公，多亲我一下，多抱我一下，好吗？"想起我马上要在夜色中摇身变成一个粉妹，我的心里就一阵害怕。不知为什么，莎莎和佳佳在凤音会所 HIGH 到极致的场景老是在我眼前晃来晃去，我怕万一真的沾上那个东西，那我的"钱"程可真他妈的完了，李家的少奶奶可不是那么好当的，需要干净的身份。我需要李凌琛给我打气，用他的吻和拥抱，我的所作所为都是为了爱情，不管我爱李凌琛最终是出于什么目的。

晚上十点，这是成都夜生活刚开始的时候，我化了一个非常浓艳的妆容，带着一点金粉的眼影有一种鬼魅的气息。我里面穿着非常紧身的小可爱和同样紧身的牛仔裤，外面套上羽绒服，就匆匆出了门。小背包里，除了零钱、口红、纸巾，还有我用保鲜袋装好的一点面粉和一根吸管，K 粉我已经在凤音会所领教过了，就是像面粉的东西嘛。

"小姐，准备到哪儿，黄金时代还是 VIP room？"出租司机显然对夜色中的猫科美女去向非常了解。是啊，我发现自己连去哪儿都没想好，简直可笑，还想当粉妹？

"随便吧，哪儿最近人最多你就拉我去哪儿吧。"我干脆交给出租司机安排。

司机呵呵地笑了一声，"黄金时代吧，那近一些，帅哥也多。"他的话语有些暧昧。

"随便，黄金时代就黄金时代嘛。"我有些不耐烦了，夜色中的女子总让人浮想，也不知这司机把我想成了什么人。

黄金时代的大厅里，正处于人生中的黄金时代的帅哥美女随着音乐的节拍慢摇着。慢摇是成都现在最流行的耍法，看着周围的青春面孔和充满活力的身躯，我想谁都能忘了一切的。

我要了杯牛奶，我想我对杯中物偏好还是有待培养的，虽然比陈玲有心计，但她那种江湖气我还是学不会。

我脱掉羽绒服，抱着牛奶杯子，靠着吧台忘情地摇着，我要吸引一些粉妹的注意。那天在凤音会所，还有在太空娱乐城，李凌琛和钟富贵都跟我讲过怎样引起粉妹的注意。

"美女，一个人嗦，我叫张宜，有没兴趣跟我一起 HIGH？"随着话音，张宜出现了，这个在我的计划中起着关键作用的美院高材生就那样叼着中南海，喝着芝华士，大大咧咧地出现在我的身边。

"来黄金时代当然是 HIGH 的，是吃摇摇还是粉粉？"我用知道的可怜的辞汇故作老练地回答她。

"别装了，你是新手，我看得出来，失恋了哇，来点摇摇嘛，一点就够了，摇够了我送你回家。"张宜很直爽。

我听李凌琛说过，摇头丸偶尔吃一点点是不会上瘾的，看着张宜的打扮，宽松的、有破洞的牛仔裤，上面还有些油彩，有点中性化的大毛衣，我想她应该不会怎么害我的。心想，就赌那么一把吧，万一整对了我不是就大功告成了吗。如果不行，我吃完一点摇摇，立马闪人，回家去。

张宜从牛仔裤包里拿出一个小塑料袋，很小，大概只有手机屏幕那么大吧，里面有一个小药丸，她轻轻地掰了大概三分之一给我，剩下的，她就着芝华士一口下了肚。我拿着那三分之一，足足犹豫了三秒钟，才慢慢地就着牛奶喝下。

天哪，那哪里是什么人间美味啊，虽然才三分之一，可一下肚我就觉得胃里翻江倒海般难受，头痛难忍，可再看看张宜，竟然一副陶醉的样子，已经忘情地甩起了黑发，难道是我有问题吗？

我期待的情况出现了，几分钟后，我感觉整个人好像要飘起来，仿佛看到了李凌琛将闪亮的结婚钻戒套在了我的手上，仿佛看到了我与李凌琛浪漫而盛大的婚礼，我飘了起来，情不自禁地扭起了腰肢，我好热，我有脱衣服的冲动。

但当我将手伸向腰际时，我的眼前仿佛又看到了莎莎和佳佳，看到了他们的搅家不屑的眼神，我强迫自己理智起来，只是摇头，千万不能丢脸。我必须记住，我是李凌琛未来的老婆，我是百瑞集团未来的少奶奶。

张宜足足摇了约摸半小时才停下来，"我说你是新手嘛，才三分之一就受不了。"张宜笑着说。

我不好意思地笑笑，确实，在这方面，我还嫩了些。

那不是小胖吗，怎么他没与李凌琛一起值班？我看见小胖穿着便装，正在舞池的最中央忘情地HIGH，最后，消失在了包间内。

张宜很会观察，她看见我的表情不对，她以为小胖是我曾经的男朋友，拍着我的肩膀说："那个胖哥啊，没得留恋头，经常在这HIGH，我与他一起HIGH过几盘，不晓得他是干啥子的，整死都不跟老子说。"胖哥经常在这里HIGH，我又犯起了迷糊，我想起了千家乐火锅城，胖哥看似合理的解释。这个严欧欧，到底是跟哪些人一起混哦，陈倩的猜测应该不是空穴来风吧？

算了，小胖自有陈倩来收拾，我先看一下能否从张宜那里套点东西出来吧。

张宜爱说粗话，每句话都要带点妈的 X 或是狗日的之类的东西。看样子，她是黄金时代的常客。我对她的职业和身份很迷惑，她的气质很雅，眼神却很空洞，好像是丢了人生最重要的东西，什么也无所谓了一样。这肯定是一个有故事的女人，我在心中暗暗地想。

我们在黄金时代聊了很多，夜色，是个勾兑的好时机，身边是不断涌进的单身帅哥美女和成双成对抱着出去的搅家或是情侣。

我没对张宜讲我的事情，我只是说自己是个粉妹，现在无业，心情不好，所以要出来 HIGH。反正今天晚上是不用回李凌琛家，张宜故事再多，也只能知道我是 5701 厂八号园宿舍一个落魄的小公主而已。

我一直想试图了解张宜背后故事，因为她跟我一样，连续拒绝了几个帅哥的勾兑，我们融入这风月夜色，但未曾迷离。

凌晨两点，张宜主动提出送我回家，她把酒存好，拉着我走出了黄金时代。她的心里肯定有事，她开着红色 POLO，命令我把安全带系好，开始了狂飙。

我想要开车，可她不愿意，我觉得有些害怕，她就那样绕三环路转着圈。

"我们先在三环路上转几圈再回家吧，我心里不舒服。"说着说着，她竟然有些哽咽。转了几圈以后，她居然开到了首长路太平寺机场后门，那是李凌琛与陈玲做爱的地方。

"你怎么会到这地方？"我有些吃惊。

"这地方不好吗，有村庄，有机场，我经常在这里发呆，看风景、看日落、看飞机升起又落下。"

"我有一个耍了整整七年的男朋友，七年啊，我就耍了那么一个男朋友，他竟然看破红尘，到峨眉山当和尚去了。"张宜猛地扑倒在我怀里哭了起来。

原来，张宜曾是川美的高材生，与男朋友是大学同学，从大一就开始恋爱了。张宜的男朋友家远在贵阳，为了她的男朋友，她放弃成都优越的生活环境，到贵阳打工。因为在贵阳没有更多的关系，张宜吃了很多苦。

两人辛辛苦苦地坚持了七年，张宜的男朋友才算在茶叶生意上有了点眉目，在贵阳开了一个生意还不错的茶叶店。当两人事业稳定，准备谈婚论嫁时，他的男朋友突然间消失了，没有留下只言片语。

张宜发疯一样地四处寻找，也没有结果。于是她便回到成都，于是便爱上了夜色成都的 HIGH 世界，爱上了摇头丸，爱上了 K 粉。一个月以后，张宜才接到男朋友从峨眉山打来电的话，再见面时，恩爱情侣已经是两个世界的人了。

男朋友给张宜详细解释了自己为什么出家，因为他喜好佛学，需要研究佛学，想把佛学作为自己的毕生事业，所以他选择了出家。怕家人反对，又怕看到张宜动摇，所以不辞而别。之所以一个月以后打来电话，是想一个月的时间，张宜应该平静了许多。

"妈哟，老子活了二十多年，就耍了那一个男朋友，真的不甘心。"忆起往事，张宜又忍不住放声哭喊。

张宜是独女，家境殷实，父亲是开汽修厂的，母亲以前也是生意人。她家在窄巷子修的别墅，刚拆迁，搬到了芙蓉古城。但她心里放不下那段情，总是在深夜扯起扯起地痛，于是便成了 HIGH 妹，黑白颠倒，不清楚世间之事。

"要不是我爸妈只有我一个女儿，我肯定也要出家去了。"张宜继续哭着说。

又是一个伤情人，为什么要一份常乐如央的爱情如此之难？

"林蓉，我知道你想要什么东西，但今天我心情不好，你明天等我电话，我睡到下午起床，大概四点多我到双楠来找你，你放心，我张宜也沉迷了那么久，也该找点事情做了。"

回家后，我辗转难眠，张宜是告诉 K 粉和摇头丸在哪里买，还是更多的内幕呢？我不禁有些激动。

15

爱可以让一个男人无坚不摧
同样也能让一个女人疯狂无比
因为爱情
张宜竟然开着 POLO 与宝马比速度……

第二天下午四点多，李凌琛刚把我接回紫云花园，张宜的电话就打过来了。她已经到伊藤边上的肯德基。

"朋友找你？那你去吧，我还是要到派出所去一趟才回来。"李凌琛心里有些不悦，但依然支持我出去耍。男人讨女人欢心，在乎于细节，李凌琛就是这样的，总是在生活的点滴上让我有那么些感动。

"乖乖，过年过节的，朋友吗，是要聚一下噻。不要生气哈，老公，我去一会儿就回来。摆一下龙门阵、逛一下街、吃点东西。你在家里打开电话，到网上去逛一圈哈。"我一边说一边咬着李凌琛的耳朵。聪明的女人要懂得随时随地浇灭男人冒出来的一丝一毫的火星。我要出去，但要我的李凌琛从心底高兴我出去耍。

肯德基店里，张宜今天显得很淑女，脱去米色收腰羊毛大衣，里面是同色系的羊绒短衣和铅笔裙。想不到打扮一番的张宜还真有些姿色，依然是那种若有若无的眼神，飘忽着难以名状的光。想来必是男友的出家惹她伤心吧，所以在黄金时代那样绝佳的勾兑场合反而疏于打扮。

　　"妈哟，张宜，老子发觉，你原来还是美女嗦。那你咋在黄金时代不晓得打扮喃。这么漂亮，勾兑帅哥简直没得问题哈。"我由衷地表扬她。

　　"今天想倒要做事情，所以收拾了一下。不要在我面前提啥子帅哥，提啥子勾兑，老子现在对男人不感兴趣，更没得性趣。吃东西先。"张宜把话题岔开。

　　要了圣代和一些吃食，张宜一边吃着东西一边开门见山地与我讲起了宇昕集团贩卖摇头丸和 K 粉的事情。

　　"我不晓得你是记者还是警察，但我有一点敢肯定，你去黄金时代就是为了打探成都市的摇头丸和 K 粉销售谁是最上家。你那个样子，吃一丁点摇头丸就昏得要死，内行一看就不是 HIGH 妹，幸好我在那儿，要不然你肯定要遭洗白（指被男人强奸）。"

　　听完张宜的话，我不禁惊出一身冷汗。如果那天晚上我真的被心怀鬼胎的人下了滥药，那我可真是完了，还要做什么李家少奶奶，简直是做梦。

　　张宜说男朋友出家对她的打击很大，所以她正想找点刺激的事情做。对于我的职业和目的，她懒得去管，也不想管。她只是觉得宇昕集团的一些做派很讨厌，所以，她决定帮我，要我与她一起跟踪宇昕集团到宜宾去，据她了解，宇昕集团业务伙伴可能会在宜宾交货。

　　"那百瑞集团呢，听说百瑞集团好像也在销售 K 粉和摇头丸。"

我还是没忘记李家未来少奶奶的身份，想知道百瑞集团是否也在干着那不合法的勾当。

"早就没做了，以前是在做，但没有宇昕做的多，听说那个李旭然为一个吸毒致死的女人彻底消沉了，除了管一下生产，好多麻烦的业务都放弃了。"张宜说道。

在提到李旭然居然为了一个女人而放弃赚钱的机会时，张宜的眼神有一丝嫉妒，是啊，有男人肯为自己沉迷抑或颓废，哪个女人不是这样子希望的啊。人说看两人关系好不好，要看其中一人出事时另一人的反应。一个女人在一个男人心中的分量，要看这个女人不在了、不见了，这个男人会变成什么样子。所以虽然不清楚那个叫杜红霞的女人生前与李旭然关系如何，但现在李旭然的样子，其码能够证明，李旭然是爱杜红霞的。

张宜说，她从 HIGH 家的圈内人处知道宇昕集团一般三个月大批量进一次货，交货地点都是川边城市。

她昨晚回家后，给一个为她供货的上家打电话说自己的摇头丸没有了，问啥子有货。因为她是老顾客，所以供货的那个人跟她说宇昕要在正月十七取货，她至少要正月十八才能分到新货。

这段时间她都没有什么事情，所以她打算在正月十八带我跟踪一下宇昕集团。

我要出远门的事情该怎么跟李凌琛说呢，我又该如何做呢？我想起正月十八不禁有些紧张。

我给陈倩打了电话，让她把她的小数码相机带上，让她及时做好报道和通知警方，我想这样子问题应该不大了。我就对李凌琛说我要跟陈倩和张宜一起去泡温泉，放松两天，李凌琛应该答应我的。

正月十八一大早，张宜就搭着陈倩来到了紫云花园大门口，这两个对重庆有着特殊情结的另类美女，虽然是第一次见，但就像认识了多年一样，让人无法相信她们是第一次认识。张宜很体贴人，她没让陈倩开她的小 QQ，她说自己的 POLO 跑长途性能要好一些，三个人开一辆车就行了。听说有陈倩，李凌琛就比较放心我出去了，他觉得陈倩比较撑得出场子，遇到事情会拿出个主意。

"林蓉，你看我的刀，妈哟，老子虽然没有枪，但宇昕集团要是动粗的话，老子就耍刀，跟她们拼了。"

我还没在车上坐稳，陈倩就一边说着一边从背包里拿出了一把精致的避邪藏刀和一把家常菜刀，夸张的装备让我不禁笑了起来。

"笑啥子嘛笑，是要舍得拼噻，我小学的时候就是带着两把菜刀去上课的，要不然我咋个敢读完一年研究生就去跑政法新闻了嘛。我还想做黑道老大呢。"

"噻，噻，老大，你就是我们三个的老大，好了嘛，关键时刻我们先闪，你冲前锋哈。"我和张宜齐声笑着回答道，我的紧张一下放松了。

张宜并未将车开到通往宜宾的高速路，而是直接开到了宇昕集团大门的一侧。面对我和陈倩狐疑的表情，她点然一支中南海，吐了一口烟圈，说："不要奇怪哈，他们进货的车子啥子时候开出来我又不清楚，只有在门口守，全程跟踪噻。"

约摸过了二十分钟，一辆白色宝马 740 开了出来，奇怪，这车居然上着外地牌照。"假牌照，就是这个车，惹事了也不怕。龟儿子狡猾到家了。"

张宜飞快地扔掉手中的香烟，发动车子，缓缓地跟在了宝马的后面。

POLO 追宝马 740，太张狂了吧，怪不得张宜说刺激，原来她早就知道宇昕集团运货的是宝马车。爱可以让男人变得无坚不摧，同样也能让一个女人变得疯狂无比，虽然男友已经出家，但张宜的一举一动无不透露着她的心事。

上三环，出城，宝马740的速度没得说，我们的POLO虽然开到100码以上，但也只能远远地看着宝马的尾巴。张宜将男朋友失恋后的所有情绪全部倾注在了换档和方向盘上，开始还有说有笑的我们除了系紧安全带外，就只有瞪眼睛的份了。已经上了高速，叫张宜放慢速度她肯定是不答应的，而我们，也确实很想知道那辆宝马740到底要干些什么。POLO永远不是宝马740的对手，我不知道，我们三个女人为什么那样傻，傻得有些可笑。

当开进宜宾时，我们三个只是喘气，拍胸口，叫妈妈，然后互相傻傻地望着："三宝气加瓜货。"三个人笑作一团。

几个小时后，已经看不清宝马的我们只得在城内瞎转。大概将大半个宜宾城转了一圈后，终于，在城边一个不知名的小巷内看到了宝马的影子。那是一处普通的厂房，我们轻轻地推开铁门，让张宜将POLO开了进去，看着厂房内冷清的气息，我们一下愣住了，不知该如何是好。

"站倒起，你们几个在那儿转啥子转?"一个身高约一米八十多的小伙子狠狠地问着我们。

"找人，转一下不行嗦。"我不屑地问道，但忘了自己地道的成都口音。

"成都人，天远地远地跑宜宾的巷巷头来干啥子，说?!"说着，小伙子居然亮出了一把尺余长的砍刀。

张宜赶紧拉着我想退，可身后又多了几个小伙子，同样亮出了砍刀。

"妈哟，黑道嗦，老子也是左青龙右白虎，腰间纹个老青牛，红牌楼富强街的大姐，晓不晓得。"陈倩刷地亮出了那两把刀，不知为什么，我却为她的勇敢想笑。她几时成了红牌楼富强街的大姐?!

"成都的大姐，有这个没有?"一个三十来岁的男子亮出了一把六四式手枪，这个我认识，李凌琛上班时就有，我在派出所看过。

"哦，我们是来旅游采风的，瞎转就转到这儿来了，看这里的气氛适合画画，就进来看看而已，刚才是开玩笑的。我们是业余画家，她是专业的。"我赶紧打圆场，亏得有张宜这个画家在场，要不然还真不知如何是好。

"哦，看你们也不是混社会的，红牌楼的大姐还拿菜刀，硬是逗人笑。"持枪男子可能也对陈倩的举动感到好笑吧，说着说着居然也笑了起来。

"你们有事，我们就走了哈，不打扰了哈。"我拉着陈倩和张宜赶紧闪人。

我们不敢报警，我们的最终目的是拿到扎实的证据，搞垮宇昕集团，现在报警除了打草惊蛇外，没有任何好处。这伙人是早就预谋好了的，恐怕我们前脚走出厂房大门，后脚他们就收拾干净了。

POLO一溜烟地开出了城，看来我们是该去大峡谷泡会儿温泉，放松一下了。

"你要装大姐，整把仿真枪嘛。"我和张宜在车上笑得前仰后合。

"不准笑，快听录音。"陈倩得意地放起了录音，看来，此行还是有那么一点收获的，虽然没有抓到想要的证据，但一步一步地来，肯定会搞垮宇昕的，因为有张宜和陈倩这两个舍得拼的才女帮忙，我的信心空前膨胀。

16

爱情，又是爱情
为了爱情
林蓉一拼再拼
不愿退缩

　　我们三人在城里吃了些特色小吃，准备往大峡谷开去，泡一下温泉。但我们没有意识到，在厂房的那男子已经记下了我们的车牌号，一场祸事正在路上等着我们……

　　虽然没有抓到什么证据，但我们三个还是为能成为谈得来的朋友而兴高采烈。一路上玩着说真心话的游戏，陈倩怕路上寂寞，带来一副扑克，三人比试，谁牌面最小谁就说真心话，张宜在开车，陈倩帮她抽牌，然后放在驾驶台上。

　　开往大峡谷的路虽然平坦，但却是山路，弯道很多。本来开长途车女的就比男的容易疲劳，反映力也要弱一些，所以我们更加小心。说真心话的小游戏也干脆停了下来，我有一阵莫名的紧张，不断地提醒着张宜小心。

　　突然，砰的一声巨响传来，车身后被什么东西猛的撞了一下。坐在张宜边上的陈倩反应灵敏，伸出手死命拉方向盘，但车子还是失控了，张宜使劲踩刹车也起不到作用，透过后视镜，我看见一辆货车正像疯了一样在我们后面猛撞。而前面，一辆吉普车也好像喝醉了一样，一拐一拐地撞向 POLO。

我们三个努力再努力，但根本没有办法控制住的场面，张宜已经倒在了方向盘上，头部流出了鲜血，"锤子锤，我太阳哦，绝对是龟儿子刘宇昕在背后烧整。"陈情骂了几句，最后还是一歪脖子，倒了下去，我坐在后面，稍微安全一些，但剧烈的碰撞已经使我整个人像要被拆散一样难受，后面的玻璃也在哗啦哗啦地往头上掉，我用尽全力拿出电话，拨通了李凌琛的电话："老公，救我……"然后就什么也不知道了。

醒来时，我们三个人都躺在了川医附一院的急救室里。

"你们三个能干，大过年的，跑去泡温泉，看看报纸、电视，你们都成了名人了，'三个成都美女梦断宜宾'。"李凌琛一边责怪着一边给我喂牛奶，然后让我看他带来的几张报纸。

"下次去耍耍提前跟我说，我一定安排时间陪你们去。"说完我们，李凌琛又开始怪自己。

李凌琛说，因为冬天雾多，能见度低，路上又不好错车，于是便导致了三车相撞，幸亏都买了保险，所以最终没有发生什么事情。

"意外车祸？"我们三个在病房里意味深长的互相看了一眼。我们其实比谁都清楚，这场车祸绝对与宇昕集团有关，事情经过绝非"意外"两个字那么简单。路上好像是有点雾，但也不至于三车相撞嘛。

"林小姐，我在电视里头看到你出车祸受伤了，赶紧过来看你一眼。"钟富贵，那个做白日梦的宇昕集团司机拎着鸡蛋水果来到了病房，还有一束不值钱的鲜花。他的皮鞋可以当镜子，显然经过了认真而仔细的打扮。

我晕。完了，如何向李凌琛交待？

"阿贵啊，你应该看你表姐噻。鸡蛋，我最喜欢吃了，花也是你拿给我的哇。"陈倩的聪明和圆滑简直让我佩服的五体投地，一下子就把事情扯圆了，反正钟富贵呆得很，看到美女就整不圆了，与李凌琛泡妹妹，应付场面的功夫，可以说是一个天上一个地下。

看着突然冒出来的表姐，钟富贵只好嘿嘿傻笑，因为他对陈倩的声音显然是非常熟悉的，我为了去宇昕而买的小灵通到现在还捏在陈倩手里。

陈倩的右手受伤了，缠着绷带，她用左手费劲地从枕边拿出那部小灵通，狡黠地对钟富贵笑了笑。钟富贵看着那部熟悉的小灵通，也不再说话，跑过去给陈倩削水果去了。陈倩的话题很多，与钟富贵东一下西一下的瞎摆，甚至说到钟富贵老家喂的老母猪。

谢天谢地，钟富贵的工作很多，他在跟陈倩摆了二十多分钟后接到送货的电话，走了，我真想大喊万岁。在这二十多分钟的时间里，我没怎么与他说话，应该是一句话也没说，我只是跟他打了个招呼，就开始与李凌琛咬起了耳朵。

显然，李凌琛那身装扮，那气质，还有那双勾魂的小眼睛，让钟富贵开始明白了有些事情不可能就是不可能。因为是陈倩的表弟，后到的小胖也没怎么过多责怪陈倩。这个陈倩啊，聪明绝顶的性情女子，可能只有小胖这种不露真相的男子缠得住她吧。可惜了，天造地设的一对，却各自都有着些花花肠子。

自从那次羊西线千家乐火锅城事件后，他俩最近就一直闹矛盾，"容祖儿"在千家乐火锅城替小胖挨的一刀、在病房里的隐忍，都让小胖欲罢不能，难以抽身。结果小胖就跟那个"容祖儿"搅得越来越深，对陈倩这个正家反而有些忽略了。

而陈倩前两天在 MIX 又认识了一个西班牙帅哥，虽然陈倩明说不会发展恋情，但依她的个性，不把那个帅哥拿来耍一盘肯定是不可能的。那可是个异域绝色，据说陈倩事后称她与西班牙帅哥谈了一夜的艺术，但陈倩能谈啥艺术，谁都知道，只能是谈"人体艺术"吧。陈倩泡西班牙帅哥的事情早已在成都媒体闹得沸沸扬扬了，她又是政法新闻记者，跟华福派出所的飞机哥啊、三都都啊、蒲二哥之类的比我熟到哪儿去了。这些花花事情，虽然小胖没向陈倩质问过，但早就让小胖脸上挂不住了。

虽说两人心里都各怀心事，但两人毕竟有些感情，毕竟走到了准备发展对方成方结婚对象的地步。而且两人的行为大哥不说二哥，实在没啥子说的，平心而论，陈倩还是有很多吸引男人的地方的。她小巧的五官、聪明的才智、随机应变的能力，都在众多女人之上。所以，小胖还是来了，而且，他比李凌琛更体贴人，他拎了一罐韩记紫砂炖品的靓汤。

"小胖，严欧欧，那个是张宜哈，我们三个已经共同过了生死关了，汤嘛你就别想陈倩一个喝了，快点分。"我看到那靓汤就眼馋，借张宜表达了自己的愿望。

三个昏了一天的饿鬼，三两下功夫就把汤喝了个精光。

看着大老远拎来的汤陈倩只喝到了一点，小胖面露难色，他低头在陈倩的脸上亲了一下："乖乖，我来晚了，手还痛不？下次我再给你带点汤哈。"话里话外，全是关切之意，谁说他们没有感情，看一下两人的眼神就知道了。我从心底里希望小胖和陈倩最后能修成正果。

"连脚脚都没有了，我还是想喝点得嘛。"周科这个没心没肺的家伙，根本顾不得看我们，只顾看着罐子里面有没有内容。一到病房里就不断地嚷着。

跟周科一起到病房的章蓉波，眼神很复杂，我知道，他其实很清楚这件事的起因，但他没有吱声，我想他肯定有他的考虑。而且，他与李凌琛的眼神是那样神秘，以至于我心里疑点丛生，迫切地想知道章蓉波与李凌琛到底是什么关系。

等宇昕集团搞垮了，我一定要弄清章蓉波与李凌琛的关系，但愿李凌琛没沾染上黑道。

入夜，看望的亲朋陆续散了，病房里一下子清静下来。我们三个聊起了知心话，聊得内容，当然是的爱情、男人，还有做爱。

其实住院又何尝不是一种幸福。现在，我们三个要在一间房病里住一个星期，这一个星期，我们何不一起讨论如何整垮宇昕集团呢？

男人这个东西其实是没什么说头的，你爱他，他便是最好的；不爱了，这个男人怎么看都是看不顺眼的。所以，我们还是兴奋地讨论如何搞垮宇昕比较爽。

宇昕集团偷取百瑞集团技术核心资料的证据陈倩捏得死死的，她做事情很把稳，没有绝对的把握绝不见报。除了我给她的那份资料，她还录了个关键人物录音，现在就只差拍照了。

"他妈的宇昕集团敢弄老子，老子出院第一件事就是写一个整版的报道，让百瑞集团与宇昕集团打官司，让宇昕集团臭名远扬，然后再整毒品，直到判刘宇昕个重刑，老子才收工。"

陈倩重庆人的个性就是以牙还牙，这次，要不是我在出事之前拨通了李凌琛的电话，让李凌琛联系了宜宾的交警及时赶到现场，还真说不清楚我们能不能捡回这条命呢。

刘宇昕，确实是个心狠手辣的角色，以前觉得李旭然狠，现在发觉，宇昕集团更狠。人为财死，为了财，宇昕集团是豁着命的干了。

我为了财，当然也是为了我的爱情，肯定也要拼，我没说为什么，只是说要搞清楚害死陈玲的真凶，因为陈玲是为李凌琛死的，不能白死。我在陈倩和张宜面前一下变得高大起来，为老公的旧情人甘当卧底，我也够厉害的了。

"你为了陈玲，你以为我只不过想挣稿费噻，稿费值几个钱，油钱都整不回来，我还不是为了陈玲，我们以前耍得那么开心，都怪我，让她查什么嘛，那么优秀聪明的一个人，就那样子没了，才20多岁嘛，老子不整垮宇昕不姓陈。"陈倩也接着说。

"噻，噻，你们都伟大，你们是为了陈玲。我不认识那个女人，不过听说过她的故事，与那个杜红霞一样，在双楠那一带都晓得，现代版的"倾城之恋"。我嘛，为了忘记过去，我需要找些事情做，老子想起七年就只耍了那么一个男朋友，就觉得心里边堵得慌。我跟你们一起，办完事情就重新开始，勾兑一个巴适的男人，重新恋爱，这盘我要找个老男人，35岁以下免谈，老男人懂得体贴人，懂得负责。"张宜也开始发言。

这一次，三个人终于有了正当的理由聚在了一起，我们就听陈倩的安排吧，出院后好好干一盘，搞垮宇昕。

17

女人发起了狠来
绝对不会输于男人
三个决定联手发狠的女人
一步一步地逼着刘宇昕
这个宇昕集团的老江湖

一周的时间一晃而过，医院里的味道让我们这三个物质女子简直不能忍受了，家人每天都变着法弄好吃的，但全是些十全大补汤之类的东西。我们异常想念印度菜的黄油烤饼、韩嘉兰的辣白菜、蕉叶的榴莲炖鸡、高飞的PIZZE、华阳的兔脑壳、鹅下巴……这些美食就在我们眼前晃啊晃，让我们直流口水……

出院啦！这一周，我们三个成了真正的姐妹，由于医院郁闷的气息，我们一起说了很多想说的话。这一次，我们先回家，换上漂亮衣裳，然后四处狂吃。张宜心情轻松了许多，她跟我们讲了许多男朋友的故事，原来，太平寺机场的首长路是她以前和男朋友常去看日落的地方，她说她其实和她男朋友一样都喜欢佛教，如果她不是家里的独生女，她肯定也出家了。

但是男朋友的离去，让她内心异常空虚，没事到黄金时代、VIP room去HIGH药成了她排泄心中苦闷的办法，她自己也说不清楚为什么会那样做，只是心中异常难过。摇摇（摇头丸）对她已经没有了太大的吸引力，K粉（氯安酮）对她才是刺激，虽然知道K粉用多了对身体有害，但想到K粉毕竟与海洛因是不同，所以她就越陷越深，不能自拔。

现在，张宜有了我和陈倩两个朋友，她打算把宇昕集团搞垮后就离开这里，找个能够照顾她，真心爱她的好男人，然后再好好做些事情。

出院后我和张宜在家休整了两天，陈倩却开始风风火火地搜集证据，找李旭然告宇昕集团去了，她说宇昕集团偷窃百瑞集团技术机密的事件应该算得上是轰动业内的丑闻了。

"李董，你记得我吗，我是陈玲的好朋友，锦江晨报的记者。"陈倩亮着记者证，没有经过任何人的预约，直接闯进了李旭然的办公室。

在推开阻挡她的前台小姐时，她没有说粗话，换了一种非常傲然的口气说："是你们李董约了很久，我才决定抽个时间来采访他的，如果你硬要阻拦，可别怪我没提醒你。"这样子的口气反而把前台小姐给镇住了，于是便得以直接冲进了李旭然的办公室。

"陈玲……"听到那个熟悉而陌生的名字，李旭然坐在大班椅上的身子微微颤了一下。陈玲，这个安排杜红霞进入他的生活、他的内心、他的生命的江湖女子，带着那些往事又在他眼前闪了一下。

仿佛是一夜之间，刚到中年的李旭然一下子老了许多，有些不振，有些憔悴，虽然他依然穿着整洁的羊绒衫，头发整齐，但已经没有了当年那种不言自高的气质。

"你说嘛，不用打陈玲的招牌，需要我帮哪些忙，能帮的我一定要帮你。"李旭然那不急不缓的语气没变，让人知道，他依然是全城数一数二的精品优质男人，百瑞集团的董事长。

陈倩给李旭然出示了宇昕集团盗取百瑞集团生产 IC 卡的技术核心资料，从而快速地从一个建筑公司变身为有高科技产业加盟的大型集团的内幕。虽然李旭然最近有些沉默，但他其实是在冬眠，寻找机会复出。

现在，陈倩甩出的证据无疑如吹醒李旭然的春风，看到那些资料，李旭然如打了强心针般猛地坐了起来，眼里有鹰一样犀利的光。

原来，宇昕集团以紫荆小区的一套房子，买通了一个百瑞集团的工程师。为了掩人耳目，宇昕集团从沿海和电子科大新招了一批员工，号称是自己研发出来的产品。

但百密一疏，宇昕集团没想到我会为了爱情和成为李家少奶奶的梦在春节打入他们集团内部，拿出了他们从百瑞拿走的资料。而且，自古以来，用钱买走的东西，只要有人肯再出些高价或是以更狠的招数自然会得到。

那个以一套房子出卖东家的工程师，是这样子被陈倩出卖的：陈倩作为记者，利用自己的关系网，很容易就查到了百瑞集团掌握核心资料的几个人。然后，仔细分析谁最有可能性，很容易就找到了那个工程师，她使出了小胖教她的诈术，说不管那个工程师承不承认，她都会把这件事捅出去，如果现在承认呢，还可以反咬宇昕一口，说宇昕威胁他。反正房子钥匙已经拿到，产权证也写着他的名字。如果不承认，那么宇昕必会将所有的责任推到他身上，百瑞也会找他的麻烦，他肯定会弄得里外不是人。

经过一夜的利弊权衡，工程师最终答应了陈倩的要求。得到那些扎实的证据后，李旭然马上通知律师，当天就向高新区人民法院起诉立案。

第二天，这条新闻，应该是丑闻吧，上了锦江晨报的头版头条，各大网站纷纷转载。一时间，宇昕集团臭不可闻。其他媒体也纷纷跟进，对刘宇昕围追堵截。刘宇昕只得开着他那张扬的奔驰600四处瞎转。

陈倩是个与李旭然一样狠的女人，这点我与死去的陈玲看法一致。她除了用5000余字的报道详细分析、列举了事件的事实性外，还发表了李旭然的看法，表示了百瑞集团对这场官司必赢的信心，百瑞集团将对宇昕索取巨额赔款。将整个事件写完后，陈倩笔锋一转，称据知情人士透露，宇昕集团有可能还有其它涉案嫌疑。当然，她用词很谨慎，"可能"、"涉案嫌疑"，都是说得脱走得脱的字眼。

我知道，陈玲是陈倩最好的朋友，虽然枪杀陈玲的凶手已经归案伏法，但陈倩一直不甘心，她想让在另一个世界的陈玲安心，所以想方设法地要搞垮宇昕，把那个真正的幕后凶手刘宇昕打倒。

俗话说福无双至，祸不单行。刘宇昕在西门附近的一个工地又事了，一个请来管理员工和生产材料的小伙子为了一句话竟然拿出手枪威胁民工。这对于陈倩来说，当然是好事情，她又使劲在文章中发水，接连提出了几个质问：

宇昕集团建筑工地上，一个小小的工作人员为何会有仿六四式的手枪？

宇昕集团的董事长刘宇昕为什么不召开新闻会，而是对媒体一避再避？

宇昕集团背后的发家史是否与涉黑团伙有关？

……

我非常感激陈倩，她一边忙着弄宇昕集团的报道，一边还要在深夜赶写《成都，你有没有常乐未央》，她是所有事件的见证人，目击者，这个美艳的才女，有着另一种江湖味。陈倩说过，无论她如何努力，也换不回陈玲年仅二十七岁的生命，陈玲的去世，她其实也有责任，所以，她要尽她所能，把能做的事情做好。

现在，宇昕集团的 IC 卡已经暂时停产了，百瑞的股票大涨，宇昕的股票则跌到了谷底，各方媒体纷纷来到了成都，等候宇昕集团偷窃百瑞集团 IC 卡技术核心资料丑闻案的开庭。

苍蝇不叮无缝的蛋，我们是美女，不是苍蝇，但现在宇昕集团这个臭蛋，已经有了 N 条缝供我们钻了，我们要乘胜出击，搜集宇昕集团的其它罪行。张宜已经联系好了巨星娱乐会所的老板娘李姐，她以青年画家的身份与李姐接洽，打算加盟巨星做策划，其实是要从李姐那里套取宇昕贩卖 K 粉和摇头丸的事实。

18

女人是男人调教出来的
风尘女子自有其风情万种的媚气
那是一种男人调教出来的媚气
那媚气
与年龄无关

巨星娱乐会所是成都的老牌娱乐会所，有跳舞吧和慢摇吧，董事长李姐是个很媚的女人。听说她是成都最早的一批坐台小姐，之后做了妈咪，随后又认识了一个又老又丑的台湾老板，再后来在1999年出资给她开了这家娱乐会所。

台湾老男人思想很前卫，虽然成都娱乐场所倒闭了很多，但巨星不断地改进着，生意一直都很好，以慢摇为主的 MIX 和 BABI 生意刚火起来，巨星就立马开辟了慢摇吧，这里面有很多 HIGH 家，去年也曾发生过枪案。停业整顿了半年后，重新风光地开张，生意照样好得不得了。

巨星娱乐会所在人民南路旁的一个老式院落里，装饰得金碧辉煌的会所前面有一排简陋的联排平房，董事长李姐的办公室就在那个简陋的平房里。下午六点多，我们三个人一起坐在平房的大门边，等着李姐的到来。

等了大概二十来分钟，一辆枣红色的别克车开了进来，"李姐来了"办公室的小妹提醒我们做好准备。张宜的爸爸在羊西线附近开了一个修车厂，顺便做洗车业务，李姐经常在那里消费，所以与张宜的爸爸认识。当张宜提出到巨星做策划时，李姐立即爽快地答应了。

初看李姐那张脸，我发觉她的皮肤很光洁，根本不像一个年过四十的老女人。她手里夹着一支"小熊猫"，貂皮短外套，紧身牛仔裤，粟色的卷发，很风尘，很媚气。虽然我只有二十三岁，陈倩和张宜不过二十六七，但我们事后说，看到李姐的第一感觉就是这个女人是个厉害的对手，四十岁也可以与二十岁的女人对抗。如果单纯是勾兑男人上床，搞男人的话，我们肯定争不过她。

但与李姐细谈才发现，她的皮是拉过的，颈上有很多皱纹，年龄这个东西，永远是女人最大的对手，红颜易老，看来，男人这个东西，第一步把他要上床，第二步就要拿到他的心，要不然男人是不会陪你到老的。

"李姐，你好，我叫张宜，川美毕业的，这两个是我朋友，陪我来的。"在老爸的熟人面前，张宜装得很纯情，很乖巧。

"你就是老张的女儿哇，坐嘛，让我看一下你的资料哈。"李姐的声音再次泄露了她的年龄。

女人再有钱，容貌整得再完美，也会有细节揭露她的年龄。我想李姐一定是一个非常有心计的女人，让精于算计的台湾男人心甘情愿地包养她那么多年。

李姐的江湖味与陈玲的不一样，陈玲是从小在街边长大一点点浸润进骨子里的江湖气，我们这种在工厂宿舍长大的女子是不会拥有的。李姐的江湖气是长期混迹于风月场所，经过无数男人打磨成就的江湖气，是媚气的，是风尘的江湖气。

李姐看了一下张宜的资料就说今天先让我们放松一下，明天下午六点张宜再过来正式上班。她让我们到清吧或是慢摇吧放松一下，到时候她给我们免单。

"切，真精，我们三个喝得到好多嘛，最多三分之一瓶芝华士，三个美女不信还没有帅哥请，简直是个人精。"在通往会所的路上，张宜一脸不屑地说道。

在慢摇吧的一个角落里，几个 HIGH 家奇形怪状地扭着，一看就是 K 粉的杰作，让人有些恶心。我们想，张宜安插在巨星，仗着李姐的信任，至少能够摸清宇昕集团的送货规律，多记几次就有机会捉着刘宇昕的尾巴了，再让钟富贵卖点内幕，简直是个绝妙至极的招数！

我们其实一点都不喜欢慢摇的感觉，来到三楼清吧，要了点饮料，决定放松一下。

"咋个每次都是三个女人一起摆龙门阵喃，硬是三个女人一台戏嗦，林蓉，把周科召来，这样子不爽，让我想到陈玲。"陈倩心中有事，我知道。

说起耍，周科一般情况下都是跑得非常之快，十分钟后，周科就打着车跑过来了。

"你的超级帅哥章蓉波喃？"没等她坐下，我们就开始问起了章蓉波，看来，女人对男人的关心永远是第一位的。

"不晓得，说去找钱去了，我搞不懂他，反正他最迟凌晨一两点钟就要回来陪我睡觉。"周科的语气满是自信。是呵，章蓉波是她主动争取到手的，我想她既然能争取到手，肯定就要办法抓紧。

"你们见过李姐没有，传说在上世纪九十年代，她是成都市四大名鸡哦。"周科这个邪气的小女人，不晓得哪儿听来的这些小道消息。

"确实是个绝色，过四十岁的人了，看起来还是让人消魂，但漂亮没用，这辈子妈妈都当不成，有钱又如何嘛，最后还不是等于零圈。女人分很多种，有一种女人很容易让人男人产生养她一辈子，娶她回家的想法，而有的女人再美艳，男人也只是想与她上床，至于那些长得差强人意的就不说了。我们只说美女。林蓉和我的同学石兰都是男人想养在家里的类型，陈玲和李姐虽然不同身份，但都是绝色，太绝色了让男人既爱又怕，所以只落个做情人的命。我也好不到哪去，小胖天天跟'容祖儿'搅，老子装聋作哑，为他煲汤，他都不感动，只有那次我出车祸的时候表现了一下。所以我都不敢奢求啥子长相厮守，有男人搞就不错了，小胖真要拉脱，老子就嫁到西班牙去。"陈倩用她的墨绿色小芝宝点燃一支烟——那是她专用的烟，与张宜的中南海一样，名字怪怪的，我到现在都没搞懂，只记得是 SB 开头的女式外烟。她半是调侃半是忧伤地乱弹情。

　　这个女人，看来是把男人的心思揣摸透了，想必她是非常爱小胖的，要不然这么风风火火的女人，如何会心甘情愿地为一个在外面瞎搅的男人煲汤呢？

　　看来，我得感激我这张称不上美艳，但看起来非常纯情和文静的脸了。李凌琛这个号称华福无间道的耍家会在与无数个女人上床后把我带回家，纵使是陈玲那样至情至真的绝色女子也未能进入李家大门一步，我应该知足了。既然李凌琛愿意娶我，我就要接着努力，想尽办法搞垮宇昕。

　　宇昕和百瑞的窃取技术资料的官司终于在高新人民法院公开开庭了。媒体来了很多，刘宇昕和李旭然二人都各怀心事。李旭然春风得意，志在必得；刘宇昕也一扫先前的恐慌，称一切依法办事。

　　我和李凌琛的家人坐在一起，我们以为这是必胜的官司。

　　陈倩作为首席记者，也坐在了最前面，我看见，在李旭然坐上原告席的一刹那，她不无得意地与李旭然默契地相视一笑。

刘宇昕聘请了庞大的律师团，我们完全低估了他的能力。在李旭然出示一系列的原始证据和证人工程师的证词时，刘宇昕根本没有了陈倩写出那篇报道时的慌乱与无措，他的表情非常镇定和自然，甚至嘴角还有一丝不易察觉的微笑。

随后，刘宇昕在陈述时，反咬一口，说百瑞集团为了继续自己在成都市卡类电子产品市场的垄断地位，故意让手下的员工做证人，诬陷宇昕集团。

宇昕的证据是开始设计 IC 卡的原始技术资料，完全与宇昕投入生产时间吻合的资料。还有数个自称参与设计的工程师的证人证词。

虽然刘宇昕出示的证据不能根本性地证实百瑞在诬陷，但也对百瑞造成了很大的威胁。百瑞要想彻底告倒宇昕偷窃技术资料，必须还要有更有力的证据才可以打赢官司。

刘宇昕出示证据时，现场一片哗然，我看见，现场的闪光灯不断地闪，晃得人心烦。

当刘宇昕表演完后，李旭然微微地怔了一下，随即平静下来，不愧是经过风雨的男人。

他向法官举手说："宇昕说我们百瑞诬陷，但他那些证据根本不能说明问题，哪个能保证他不是直接把百瑞的资料输进电脑嘛？"

刘宇昕也许非常清楚李旭然的聪明和应变能力，他把难题扔给了律师，他也许只是拖延时间争取下一步的胜利而已。

律师的回答很搞笑，但也是没有办法的办法，律师让百瑞举出更有力的证据，我看见，有记者在偷笑。

经过审理，这场官司的第一次开庭最终没有得出个所以然，法官宣布因为双方证据不足，择日再审，希望原、被告双方都拿出更有力的证据。

"我太阳，他妈的刘宇昕，脑壳太烂了，老子以为他在躲媒体，原来他是在想办法。龟儿子硬是个老江湖。"陈倩一回报社就打来电话报怨。

看来，作为女人，不能小看任何一个有巨额资产的男人，金钱虽不是衡量男人的惟一标准，但能挣钱的男人自有其过人之处。钱不好找，靠工资，靠作小生意，一点点地攒钱，一辈子，除去开销，能攒到多少钱？能有几百万？

所以，不管是刘宇昕还是李旭然，还是成都街头某个开宝马的丑陋男人，都有其难以对付的一面。也许他舍得拼，也许他懂得抓住机遇，也许他根本就是一个巧取豪夺的无耻之徒，总之，那样的男人我们不能看得太简单。

搞垮宇昕，绝非易事，我要抽时间，按我的计划努力行事才行。

19

老男人就是老男人
处事圆滑，态度可亲可近，但话中有话
让你自己去理解
刘宇昕这种类型的老男人再在生意场上混下去
不知要害多少人……

我与李凌琛的感情越来越平淡，其实也不是特别平淡，只是我们出去浪漫的时间少了。他说现在百瑞集团出了那么大的事情，跟宇昕已经是刀尖对麦芒的时候了，这场官司看似一审没有结果，但刘宇昕这个老狐狸谁知道他又会耍出什么招数。有些命案都要查几年，更别说这个技术偷窃案子了。他作为百瑞未来的掌门人之一，又是李家惟一的警察，他必须要从警方角度替李旭然出些主意。

这个官司只能赢，不能输，所以他没有时间陪我。李凌琛每天都让我看他的电话记录，我知道，他想让我明白，我在他的心中是最重要的，他是在乎我的。

另外，前两天我到华福派出所找李凌琛，听李凌琛他们中队的飞机哥程飞说，这几个月中队都在整一个案子，他都几天没回家了。因为李凌琛是年轻，所以他们允许李凌琛经常回家。至于是什么案子，飞机哥说要暂时保密，反正与陈玲的死有那么一丁点关系。

看来，李凌琛确实是在忙，既然他忙，我就继续争取吧，我想以一个刘宇昕的崇拜者的身份结识刘宇昕，从刘宇昕那里打听一些消息，至少知道他应该怎么办吧。

"富贵帅哥，你好，好久没有打电话了，我要开始上课了，所以很忙，我想找你们刘董事长，我学的是法学，学校想把刘宇昕的案子作为我实践的典型。"我现在能找的，只钟富贵了。

"林，林小姐，你好，你好，有啥子要我帮忙的，你尽管说，尽，尽管说……"听到我的电话，钟富贵自是一种莫名的激动，得不到的永远是最好的。

钟富贵说因为全国的媒体都整天守在宇昕集团总部，都想随时关注宇昕集团偷窃百瑞集团 IC 卡核心技术资料的详细进展。所以刘宇昕现在都呆在家里，只有宇昕高层几个刘宇昕的忠臣才能到刘宇昕家与刘宇昕交流工作。

老江湖，真他妈的老江湖，我不禁也骂起了脏话。好嘛，你在家里头办公，我就到你家里找你，现在年也过完了，已经是初春了，我若是不争取时间，等那个何小乔回来过暑假，我不是又要完了。

现在，何小乔隔个两三天就要打电话到李凌琛家问李凌琛父母好，还寄了一些新加坡的小礼物到李家，这个强有力的竞争对手逼得我喘不过气来。

初春的天气有些寒气。我穿了件格子短外套，黑色的及膝裙，黑色的靴子，背着大大的米奇挎包，很纯情，很书卷气的样子。我说过，我对李凌琛的爱恋一点一点地浸入了我的骨子里面。为了我的李凌琛，为了我的爱情，必要的时候，我要利用自己清纯的外表接近刘宇昕。

我的外套衣兜里，是从陈倩那里借来的采访机，她与我一样，非常讨厌刘宇昕，她为的是友情。城南，锦官新城，漂亮的联排别墅，那就是刘宇昕住的地方，钟富贵说过，见刘宇昕不是很难，特别是美女，只需多多表扬他就行了。

一梯两户，一楼是车库，二至五楼是住房，还算匹配刘宇昕的身份。

拍了拍胸口，轻轻地给自己打了打气，我按响了门铃。通话的是刘宇昕家的保姆，听说是成都市的金牌家政之一，专科毕业，英语四级。金牌保姆很谨慎，在详细地询问了我的来意和身份后，又向刘宇昕请教了一番，前后折腾了二十多分钟才让我进去。

客厅很大，面向前面花园的是厨房和餐厅，虽然墙上挂着张大千的真迹，但那张扬的镶金皮革土黄色真皮沙发还是无法掩饰刘宇昕是个圣灯乡的农民。做建筑生意发家的江湖混混身份，我对刘宇昕又多了一份反感。

刘宇昕在二楼的一处书房内看文件，因为我在宇昕集团实习过那么几天，所以很容易套近乎。这是一个有着三尺腰围的中年男子，头发有些轻微的秃顶，虽然开着空调，他还是假模假样地把他那件纪梵希长大衣披在身上。

"刘董，你好，我是川大在读法学研究生，我一直对你的传奇经历比较崇拜，宇昕集团和百瑞集团的官司又闹得全城轰动，我们老师让我们分析这个案子，从法律的角度全程跟进，推测最后谁胜谁负，结局如何。"我的语气非常谦和，在这个老江湖面前，我不能说自己很聪明，能表现的，应该是自己的天真和单纯。

可能是这两天被媒体追得够呛吧，刘宇昕面对我这个纯粹出于想接近他，有着强烈好奇心的清纯女子一下子放松了警惕，生意场上的老男人都需要放松，这个我知道，毕竟在李家呆了那么长时间。

"我只给你五分钟，现在我开始计时，你有啥子尽管问。"刘宇昕用他那双金鱼眼看着我，语气算得上和蔼。

"我只想问一下宇昕和百瑞的官司下一步你该如何打算，会出具什么样的证据？"我想能让他对我有个印象就行了，他的电话，钟富贵肯定会想办法为我打听的。

"这个问题吗，首先，我们不想与百瑞为敌，第二，我们肯定会出具有力的证据，具体是什么的证据我们还在收集当中，你可以向我的律师咨询嘛，我的事情太多，不会在那方面下功夫。"刘宇昕一边打着哈哈，一边递给我一张律师事务所他律师的电话。

"我太阳！"我不禁学着陈倩在心里骂道。看来，老男人就是老男人，处事圆滑，态度可亲可近，但话中有话，让你自己去理解，太狡猾了，不能让这种老男人再在生意场上混下去了，要不然不晓得要害多少人。

我起身告辞，准备下楼回家。电话响了，是李凌琛打来的。

李凌琛总是这样，不会明确地说我爱你，他说那几个字太重了，不到关键时刻是不会说的，他只是有事没事的打个电话，实在找不到打电话的理由了，就在遇到突然工作的时候打个电话。除了陈玲出现那段时间，他一般情况下是每天都要打几个电话的。

接完李凌琛的电话，叮嘱他工作小心后，我心情异常甜蜜地步出一楼车库，刚走到路边，一个熟悉的身影跃入眼帘。

"章蓉波！"

依然是那不羁的眼神，他怎么会在这里。我捂住自己差点叫出来的嘴巴，悄悄地缩到刘宇昕家大门边上。他开着一辆尼桑风神蓝鸟，将车开出后，又下车打开后车门，

"爸爸妈妈，你们慢点哈！"他一边叮嘱着，一边将一对气度非凡，穿着考究的六旬夫妇扶上车。旋即，蓝鸟驶出了大门。

爸爸妈妈？章蓉波住锦官新城？刘宇昕的隔壁邻居？这个气派的联排别墅，住的不是华侨就是成都非富即贵之人。既然有那么好的身家，他怎么可能心甘情愿地做个黑道的小流氓，又如何会在百果林宿舍区租住一套简陋的住房？

还有，章蓉波与李凌琛究竟又有着什么样的关系。

走出锦官新城，我拿起电话，按完周科的号码没等拨通又挂了，我不知道该怎么办。显然，章蓉波即使与黑道有关，也不是一个简单的小流氓，而且他可能只是混入黑道一段时间，为获得某些东西而已。

我还是决定找陈倩，她是记者，天天与警方打交道，只有她才知道下一步该怎么办。

20

痛的初期
是放声大喊
但某些时候
是隐忍的悲伤
不流泪比流泪更加让人感到害怕

锦江晨报吸烟室，陈倩说那是她最习惯的密谈之地。透过吸烟室的窗户，可以看到对面中学一群一群的小美女正在逐渐往大美女方向成长，于是陈倩便不断地提醒自己，美女常见，还有一大群正在茁壮成长。但要做一个有自身特质的美女，不容易，于是，她便更加努力。

听完我遇见在锦官新城遇见章蓉波的事情，陈倩说这没有什么奇怪的。不管章蓉波是豪门阔少还是一无所有的黑道小流氓，这都不重要的，重要的是他爱不爱周科。视搞男人如家常便饭陈倩其实还是对爱情这个东西非常在乎的，张口闭口，她所提到的最重要的，是爱情。

"爱，当然爱！"我非常肯定地说。因为章蓉波每夜都要回百果林与周科同眠，一有时间就给周科炖汤，教周科一些大学里面才能学到或是感受到的处世原则，这些难道不是爱吗？

"那就行了噻，章蓉波到底是个啥子角色，等时机成熟了他自然会给周科说的，除了从他那里打听K粉和摇头丸的上家外，他跟我们的关系不是特别大。"陈倩轻飘飘地就带过了。

我仔细想一下，也是，现在已经够混乱了，百瑞与宇昕的第一场官司并没取得意料之中的结果，张宜在巨星的进展也很缓慢，除了摸清我已经从钟富贵那里知道的宇昕送货方式和规律外，并没有实质性的结果。

我们几个想做打垮宇昕这件大事情的小女人，本身能量就不大，要做这件大事情除了多多努力，多想办法外已经没有时间再去管别的事情了。

转眼，就到了四月，清明节，陈倩已经写好了《成都，你有没有常乐未央》的第一部，准备送给陈玲和杜红霞。她说，其实女人都是要爱情的，不光是了陈玲，还有我们，还有很多女人，所以她已经开始写第二部，等我们搞垮宇昕后，就把第二部收尾出版，纪念我们的青春岁月，有爱的青春岁月。

陈倩已经跟小胖订婚了，我不知道这两个冤家，一个爱去搅女人，一个爱去搞男人的冤家是如何收心的。陈倩只是说，她累了，倦了，只想抓紧她的小胖，天下男人都一样，搞来搞去还不是干而已，所以想了些办法搞定小胖。

在他们庆祝订婚请客时，在武侯祠大街老房子饭店的一个角落里，飞机悄悄地说，小胖这回是被陈倩收拾了的。

由于当时人多，李凌琛也在那里，所以我没有多问。

后来，李凌琛告诉我，陈倩为抓住小胖下了许多功夫，她每天很早就起床了，在最短时间内把工作干完，一下班就往小胖家跑，给小胖打了个电话后就开始做家务。她也不急着催小胖回家，只是默默地等待，等待，让小胖的父母感动得不得了。

如此一来，小胖也被感动了，何况，客观来说，陈倩的总体条件是非常优秀的。爱情真伟大，让陈倩这样的女子也甘愿收心。陈倩告诉我们，是因为小胖跟那个酷似容祖儿的广告策划搅在一起之后，她才开始努力行动的，当小胖离她越来越远的时候，她才发现小胖对她有多重要。还好，她发现得早，行动得快。

据说，小胖收心订婚后，那个"容祖儿"有整整一个星期的时间每晚都在 MIX 摇到半夜才回家，这让我想起了张宜。

约好时间后，我们一帮子人来到了磨盘山公墓，看望陈玲和杜红霞。

杜红霞除了锦江晨报陈倩写的几篇报道和那留在双楠的无数传闻外，对于我和李凌琛来说，没有多大印象。我们要看的是陈玲，李凌琛给陈玲买的是香水百合，陈玲最喜欢的花。

陈玲的父母已经在前两天来过了，墓打扫得很干净，"爱女陈玲之墓"让人心酸得不得了，我看着看着就哭了起来，陈倩也哭了，与陈玲私交甚好的小胖也哭了……

李凌琛没有哭，他紧紧地咬着嘴唇，两手拳头微微地握着，指关节有不易察觉的响声，眉心皱成一团。

他就那样一言不发地蹲着，盯着陈玲两个字的目光久久不愿离开。

后来，他是被小胖拖走的，当我们来到杜红霞的墓前，叫李旭然一起离开时，我发现，他也没哭，但他从来没乱过的头发已经被抓成了鸟窝，而且不愿整理。

回去的路上，除了小胖和陈倩，我们都没有说话。李旭然，我不清楚，他一个人开着他的沃尔沃不知飞哪儿去了。

今天这辆 Mazda 6 让我心情很沉重，李凌琛一直一言不发地开着车，什么也不说，眉头依然紧锁。我知道，某些悲痛，不流泪人的内心悲伤其实比流泪更可怕……

陈玲已经在李凌琛心中占据了很重要的位置，我呢？一个小女人又该如何让自己的爱人把自己刻在心里呢？

21

男人之间的较量都是残酷的
低级男人拿菜刀对砍
野蛮男人各召集一帮同党打架
只要两个男人较量
那么结局都是残酷的，只是残酷的程度不同
李旭然与刘宇昕第二次在法院相见
这一次，李旭然真正展示了他毒辣的一面……

从磨盘山回成都后，为了纪念陈玲，我们几个人又去吃钵钵鸡。因为有心事，我居然未能感受到钵钵鸡那惯有的辣味。李凌琛一直不说话，只是不断地为我添菜，他的表情让我在难过之余还感到非常害怕，我怕他做出什么事情来。

"李凌琛，事情都过去了，你装啥子酷嘛，都老夫老妻了，学一下我们家小胖，你那个样子我看不惯。"幸亏陈倩善于调解气氛。

听完陈倩的话，李凌琛勉强挤出了些笑容，有笑容就好，就有下文了。

吃完钵钵鸡，我们去空瓶子喝酒，陈倩号称骰盅无敌手，是个玩骰子的高手，有这个泼辣的小美女，有热闹的气氛，我与李凌琛之间的情结一下子缓和了。但是，他还是紧紧地握着我的手，虽然什么也没说，但是我能感觉到，作为一个男人，在失去一个心爱的女人后，内心的无助与悲伤，他紧紧地抓着我，是怕再次失去她的爱人啊……

我没有过多言语，我明白，情侣之间，其实一个眼神就能说明问题。

男人之间的较量都是残酷的，低级男人拿菜刀对砍，野蛮男人各召集一帮同党打架，有层次的男人不动声色地引发一场暗战。只要两个男人较量，那么结局都是残酷的，只是残酷的程度不同。

李旭然与刘宇昕就是这样的较量，他们的较量是最残酷的较量。我一直认为，李旭然其实是一个实实在在的狠角色，只不过他谦和的外表掩盖了一切。这一次同样，他一直很沉默，这段时间，陈倩作为关注宇昕与百瑞集团技术资料偷窃的记者，忙得晕头转向，李凌琛也忙，忙着打听一切可能的后果。

只有李旭然，一直都沉默，不怎么说话，也不怎样回应媒体，该干吗该干吗，谁都不知道他究竟会干些什么。

到了宇昕和百瑞第二次开庭，我们才明白，李旭然确实是一个真正的狠角色，他这一次，不说致宇昕于死地，但起码，把刘宇昕给弄了个半死不活。

2005 年 4 月 15 日，高新区人民法院，一审判决，百瑞集团告宇昕集团偷窃技术核心资料一案，被告宇昕集团败诉。被告宇昕集团停止生产百瑞同类产品，赔偿百瑞集团精神损失费 180 万元，并将 2004 年 6 月到 2005 年 4 月生产该类 IC 卡的不当所得的利润全部赔偿百瑞集团。

这是一个百瑞和宇昕所有人员一辈子都记得的日子和事件。

在庭审时，刘宇昕并没有出示更多的证据，他除了把技术人员开发 IC 卡的资料细化了一些外，再就是技术人员家属的证明，很可笑的证明，那些技术人员的家属纷纷在庭上痛哭流涕地说为了开发那资料，技术人员是如何地辛苦，连家也顾不得回，开发完后人都瘦了一大圈……

李旭然一直面带微笑地看刘宇昕表演。等刘宇昕表演完了，他还是非常礼貌地让律师代他说话。

律师这次请出了一个关键的证人，居然是钟富贵——刘宇昕的远房亲戚。钟富贵在当司机以前是技术开发中心的打杂人员，他说他亲耳听到，亲眼看到，刘宇昕的 IC 卡是如何生产的，他说他是有良心的人，如果因此被宇昕开除，他也心甘情愿。

随后，律师又出示了刘宇昕为买通百瑞泄密工程师时打给紫荆小区一房屋开发商的银行记录，那套房子写的是那个工程师的名字，但一次性付清的 35 万购房款却是宇昕集团打出的。

李旭然一直微笑，微笑着看着刘宇昕不断地冒汗，看刘宇昕那双金鱼眼不断地翻来翻去，两腿不停地打闪闪……

在宣判结束后，李旭然依然绅士风度十足地握住刘宇昕的手："刘董，官司归官司，私下我们还是朋友，请你不要介意，一切都是百瑞董事会和律师在操作，我本人对你是没有任何敌意的。"

第二天，李旭然的这段话上了各大媒体的封面，李旭然成了一个传奇似的人物，其绝佳的表演让看过报道的人都为之倾倒。

"我不说要整你，但我的行动会把你整垮，而且我还让人家说我应该整。"这就是李旭然表现出来男人够狠的一面，他确实是全市数一数二的角色。我们这儿有句俗话，男人不黑不是角色，男人不烂不是男子汉。这里的"黑"是"狠"、"烂"是"聪明"的意思，我个人理解应该是褒义。

刘宇昕现在似乎对百瑞构不成什么威胁了，但我们认为，刘宇昕这次输得如此之惨，名誉还有金钱，他肯定不会善罢甘休，我们要把他涉嫌贩毒和与黑道有染的罪行给挖出来，把他彻底打垮。那样才能有我们的太平日子，享受生活，享受我们的爱情。

"我太阳，林蓉，你太有魅力了嘛。你晓不晓得钟富贵为啥子背叛他打了几年工的宇昕，他的远房亲戚刘宇昕？"陈倩一边写着稿子一边打着电话，可以听见她敲键盘的声音。我才想起，我为打入宇昕的那个小灵通还在陈倩那里，因为含了600元话费，我索性转手送给了陈倩做暗访用，顺便接听一下钟富贵的电话。

钟富贵在第一次开庭时其实也到了场的，那是宇昕集团的大事。只是我没看见他，因为他坐在一个不起眼的角落。看见我与百瑞一大家子人坐在一起，钟富贵就明白了个八九分。我去锦官新城找刘宇昕，钟富贵已经完全猜出了我的心思，只是未点明。

钟富贵对陈倩说，他明白他配不上我，但我给了他信心，让他明白，他还是受欢迎的，还是可以找个成都女娃娃耍朋友的。所以他要帮我，为了怕我不接受，在李旭然托人到宇昕挖叛徒的时候。他想了一夜，最后找到了李旭然，以李旭然为他在百瑞安排工作为条件，答应出庭出证，并让李旭然支持我与李凌琛的婚姻。

自始至终，钟富贵都没对陈倩说过他爱我的话。但陈倩说，很明显，钟富贵对我的感情非常之深，所以他才会背叛刘宇昕。其实他在宇昕过得真得很滋润，他再存两年钱都可以买房子了，到百瑞，他一切都要重新开始，一切都是未知的。

"我太阳，真他妈的是个宝气。"挂了陈倩的电话我一时不知如何清理自己的思路，莫名其妙地说了一句。

"你刚才在跟陈倩通电话哇，这个陈倩，把你教坏了，以后还是少跟她来往。"说那句话时我的声音太大了，李凌琛在客厅都听到了，幸亏他的爸爸妈妈应付媒体去了，要不然我又得有几天难受日子了。

我嘿嘿地笑了两声，进书房看书了，研究生课程可不是能随便耽误的，虽然我不会放过刘宇昕。

22

"林蓉，快看了，黑娃儿穿的是匡威哦。"我刚翻了几页，李凌琛就在那里叫我。他刚租了一盘《我，机器人》，是去年的老片子了，但他说没事时看一下还是可以打发时间的。我没理他，他在家就像个娃娃，有事没事喊什么嘛。

"林蓉，你快过来嘛，那个奥迪概念车真的巴适惨了，我看这个碟就是想多看几眼那个车。"见我没理他，他又继续在那里嚷到。

看来，这个家伙让我看他的新发现是假，要我陪他才是真的。我合上书，坐在客厅温暖的沙发上，让他搂着我，假意很喜欢地看这部已经看了 N 遍的碟子。想想也是，自己费尽心机，千辛万苦，想要争取的，其实就是这种安静和简单的幸福而已。

第二天上午，我上完课，走到川大校门口，张宜的红色 POLO 已经停在那里了。

"乖乖，快上车，我有非常巴适的发现要给你讲，先说好听到我讲的时候你不许尖叫哈。我们去吃滨江路的印度菜，陈倩已经到了，占了一个靠近围墙的，角角头的位置，她的发现也跟我的差不多，安得儿逸得板（指非常好的意思）。"

"到底是什么发现嘛？你不是每天下午才起床吗，不到12点就到川大来接我吃饭了，还那么精神抖擞的。"我一边系着安全带一边问道。自从那次在宜宾发生车祸后，我对坐车始终有一种恐惧心理，我想这种恐惧心理可能要过好一阵子才会好了。

"肯定是巴适的噻，先说哈，今天你买单哈，反正印度菜又不贵。老子遭李姐那个烂婆娘收拾惨了，一个人做三个人的事情，天天整到凌晨才下班，一个月才领2000多块的薪水。"张宜本来是很斯文的，男朋友出家后在外头东游西逛地晃惯了，HIGH惯了，说话也是那么直接了。

这个巨星的董事长李姐跟着台湾老头搞了几年，什么好的没学到，抠门算计那套却学得有板有眼，像模像样的。张宜这个曾经把自己的油画作品送到捷克和德国展览过的川美高材生，在巨星不仅要策划派对主题，还要手绘POP，做场所布置设计，还要与媒体打交道，整个一廉价劳动力，怪不得她从最初礼貌的李姐称呼变成了满含怨言的烂婆娘李姐。不过虽然累了点，张宜的精神确实好了一些。因为这样一忙起来，她就很少有时间吃摇头丸或是吸K粉HIGH去了，饭量自然有所增加，看起来似乎还胖了一点点。

顺着河边，我们没说两句话就到了印度菜，陈倩那辆印满大花的红色QQ非常炫的停在餐厅门口，像它的主人一人娇俏和张扬。

我们坐在没经过粉刷的红砖围墙边，头顶是非常鲜亮的印度沙丽，餐厅弥漫着印度特有的香味，还混杂一丝丝印度香料的气息，空气飘着的是让人非常放松的印度传统音乐。

我非常喜欢这里的酸奶和黄油烤饼，我不知道自己这样算不算是没有追求，但这确实是我的喜好。

这里中午一般都是很清静的，都是些熟客。菜很快上齐了，张宜和陈倩先狂吃两口后齐声说："好了,我们先把肚子安慰了一下,现在开始说我们发现的惊天地,泣鬼神的事情了。我们都是上班族,整天累得要死,比不得你这个李家少奶奶,凡事先填肚子。"

随后,两个人一边放慢向胃里塞东西的速度,一边压低声音给我讲了她们的新发现。

张宜在巨星上班后,花了一个星期的时间与会所的几个非常有钱的贵宾,还有巨星一年以上工龄老员工打成一片(在娱乐场所,人员流动非常大,一年就算得上老员工了)。之后,她便先是打听,一年时间宇昕会向巨星提供多少 K 粉和摇头丸。这一点,所有的人都说,巨星只是给宇昕上货提供方便,并没有直接向巨星供货,这是很危险,很容易发现的事情。

而几个分货的下家,青龙场的夏三娃和兵兵娃,张建娃都是三十来岁的老鬼,长期以客人身份在巨星消费,如果客人有需求,巨星工作人员在确认客人是否为 HIGH 家后向那三个人联系要货。

这些,张宜都是以 HIGH 家身份打听来的,为了与那青龙场的三个混混打成一片,张宜有两天的时间都要在深夜花半小时与他们胡乱跳着舞。

"我太阳,妈哟,老子以前还是要 HIGH,但还是要看人噻,跟帅哥 HIGH 是有感觉的事情嘛,那几个老鬼,看到老子就想吐,而且张建娃那个老娃娃还趁老子不注意在老子脸上亲了一口,气得老子腔都开不倒。林蓉,陈倩,你们两个受益者要补偿我哈。"张宜说起她的经历就满腹委屈,点然一支中南海,狠狠地吸了一口,仿佛是在咬那几个烂人。

与那个青龙场的混混成为朋友后,再加上张建娃对张宜还有那么一点意思,于是张宜便从侧面了解到,刘宇昕不单是做 K 粉和摇头丸这个涉黑生意，那个对他来说，赚的是渣渣钱。他真正操控的是五块石中药材市场的货运生意，就是去年 11 月份被市局刑侦局、反黑大队、金牛刑大一起抓获的两个涉黑持枪团伙，还有建筑工程承包生意。这都是日进数万甚至数十万的大生意。特别是五块石中药材市场的货运生意，是块超级大肥肉，每天发往全国各地的货至少有几十吨，以前就是成都黑道老大罗马控制的。罗马死后，刘宇昕马上想办法接手了。不在宇昕旗下的货运部运货的话，他就叫那些小烂眼混混用武力摆平。

虽然刘宇昕把一切都控制得很好，但也有一个不甘心的彭州人常老板，也是在五块石搞货运的，号称要拿几百万来摆平那件事，当然，他一直以为控制货运的是五块石当地涉黑老大猴子和刘老二，不晓得还有一个幕后老大刘宇昕。结果整得紧紧张张的，抓了几十个人，还是没整出个所以来。建筑工程就不用说了，承包一个工程后只要合理规划，肯定是包赚不赔的行当，于是那些想赚钱的建筑商都或多或少地认识一些涉黑犯罪团伙，想办法在关键时刻摆平竞争对手。几年前就有一个建筑商不愿拱手相让南门一个自己辛苦竞标争来的工程而惨遭灭门。所以，以建筑工程为主的宇昕集团，自然成了这个行业的老大。

张建娃说，刘宇昕很厉害，出了事都是底下的人招。因为他为那些团伙提供银两，让那些团伙为他办事，所以遇到事情了，他就塞点钱，让那些团伙自己招，他还是宇昕集团正儿八经的董事长，没事一样。成都市真正的黑道操哥已经不亲自动手砍人了，揣把六四式手枪都是为了防身，冲在前头的要么是外地来蓉的遂宁帮、仁寿帮之类的，要么是那些找不到工作的青屁股娃娃，到处显摆，被警察抓了还觉得自豪。

这些就是张宜费心功夫还被"非礼"打听来的惊天秘密。

"那你呢，陈倩，你千万不要说李旭然，或者李凌琛，或者你们家小胖是黑道的，章蓉波又是啥子黑道老大哈，我有心脏病哈，千万不要把我整昏了哈。"

"不得，不得。李旭然，李凌琛，小胖，章蓉波都有点问题，你是晓得的。李旭然那是去年的事情了，整不倒他的。李凌琛吗，一张漂嘴加一双勾魂小眼睛，不拍领导马屁，却用来骗婆娘上床。不过陈玲死了后他好像对你特别的好了哈，也不咋个出去恍了。小胖我还在查，但我不想跟他结婚了，我觉得没求得意思的，我想跟我们报社的主任结婚，正在努力勾兑他，他真的好优秀哦，我整案子整烦了，不想跟警察过了。章蓉波，更是神秘人物，以后再说他。"说了半天，陈倩还没进入主题，故意吊我胃口。

"我太阳哦，魅力无边的才女陈倩同志，快点跟我讲嘛，到底是啥子发现嘛，我现在主要关心刘宇昕，你和小胖还有啥子主任的感情纠纷明天再聊。"我一着急也把"我太阳"当作了口头禅，真他妈的近朱者赤。

"不要着急，不要着急，听我慢慢道来。"陈倩吃一块咖喱蔬菜，故作神秘地讲了起来。原来，陈倩这个政法新闻记者是个勾兑高手，与几个处长混得很熟，经常一起交流感情。由于她擅长与男人打交道，又很仗义，所以搞了很多独家。

前年，一黑道老大罗马去世的事情，也是陈倩做的独家报道。去年的五块石枪案，万里号枪案，紫刑小区簸桥黑道老大彪彪的去世，再加上与小胖的恋爱，使陈倩越来越关心黑道这个话题。所以她从去年开始，一有空就爱往刑侦队和反黑大队跑，旁敲侧击地打听一些东西。

昨天上午，她一大早就到刑侦队报到，这个狡猾的女人，算准刑侦队开会时间跑过去，躲到会议室边上听秘闻。

这一次她清楚地听到，宇昕集团的刘宇昕除了贩卖 K 粉和摇头丸外，还操纵着新都大丰涉黑团伙，是五块石当地与他同姓的刘老二和猴子控制的团伙老大。本来，警方将那两个团伙二十余个成员抓了就没事了的，结果刘宇昕在西门工地上请的那个维持秩序搞管理工作的远房亲戚揣了把手枪就想拿出来显摆，以为民工都是老实得很的瓜娃子，哪晓得小事情惹了大祸，媒体都报道了。

媒体一报道，就有压力，结果一查就查到了刘宇昕那里，不过，因为刘宇昕涉案范围广，仅凭一两个证人做的孤证是很难抓他的，所以反黑大队还在努力侦查中。

事后，陈倩以保证不写报道为由又从反黑大队得到了此事的证实。现在，我们三个小女人要做的事情就是利用自身优势，抓紧时间收集刘宇昕的证据，协助警方尽快将刘宇昕抓获归案，让他也尝一下吃"花生米"的滋味。

"我以为你的消息是要把刘宇昕抓了的，搞了半天与我晓得的差不多嘛。"张宜显然大失所望。

"啥子差不多哦，吊你胃口的，过来，我悄悄跟你们说。"陈倩眨眨她的凤眼，抱着我们，把头夹着我们两个中间，摆起了关键性的悄悄话。

"这两天，宇昕和百瑞的官司把刘宇昕赔了个精光，亏腾了，据说流动资金几乎为零，听人说他这两天要变卖一批手枪和极品 K 粉，还有一批专供黑老大的精纯海洛品，各人想办法打听交易时间和地点哈，如果比警方先知晓，就跟到现场，拿实了后通知警方，一举整垮他……"陈倩得意地扬了扬了，做了个洗白的姿势……

23

临到结婚的时候
女人总是善变的
要么继续演完这场戏，到老
要么迅速转身
带走一起好的或者坏的记忆
不留，全都不留丝毫往昔

在印度菜吃完饭，看天气还好，我们三个又叫起周科到华阳河边去喝茶，晒太阳。运气还算好，周科正好今天上午班，下午和晚上都休息，超市的收银员都是三班倒，我很懒，反正记倒上午班，下午班和晚上班就行了。这种记法让张宜一下就想了小学时流行的顺口溜"今天星期三，跛跛（成都话念 BAIBAI）上中班，……今天星期五，跛跛去跳舞……"

想起小学时单纯而快乐的时光，几人在印度菜笑作一团，惹得边上几个印度华侨莫名其妙地看着我们。趁着等周科过来的时候，我们又反复商量了从哪些渠道打听刘宇昕的动作。小胖和李凌琛，还有他们中队的同事，肯定是不会说的，警队是有纪律的，对家人也不例外。我要有事没事找刘宇昕，或是到宇昕集团转一下，假意为以后研究生毕业后的工作打基础；张宜嘛，自然是青龙场的张建娃；陈倩的渠道也很杂，我们不想管她，让她自己乱抓吧，相信她会有办法的。

想起我们三个小女人居然为了朋友和爱情即将干出搞垮黑道老

大刘宇昕的壮举，我们不禁心潮澎湃，群情昂奋，仿佛真成了女英雄。

"美女，快点看一下，我今天穿的韩装漂不漂亮，五千多一套，外套三千多，裙子一千多，鞋子又是一千多，我们家老章在王府井给我买的，我试了一下，觉得太贵，不愿买，结果他已经掏钱了。"周科一到我们面前就开始展示她的漂亮衣服，还在说"我们家老章"时故意加重了语气。

"日本人，我太阳哦，你们家老章发财了嗦，买那么贵的东西。"张宜有些不相信地看起了周科衣服是不是假名牌。

"还有这个高美高的包包，一千多的。"估计周科这个小女人已经被幸福冲昏了头脑，又向我们展示了她的名牌背包。真爱一个男人的女人不在乎男人的金钱，但男人需要为女人花钱来证明自己在乎她。这是一个奇怪的逻辑，但确实如此，钱的多少不重要，关键是你愿不愿意为她付出。

"确实是资格的真货，周科真他妈的幸福。"张宜在经过仔细检查后郑重地向我和陈倩宣布。

"以为周科假打，冒皮皮嗦，我跟周科可是高中开始的同学哈。"我一边说一边和陈倩递了个眼色。我们两个清楚，不管章蓉波的最后身份如何，他是一个非常有钱的豪门阔少，这是一点都不会假的，那锦官新城的联排别墅，那气派的尼桑风神蓝鸟，都是假不了的东西。也许，章蓉波在逐渐包装周科，等把邪气的周科打磨成淑女后就会把周科带回家吧。

虽然张宜的POLO比陈倩的QQ要高那么一个档次，但我和周科还是坐在了陈倩小QQ的后面。我老是害怕那辆POLO被刘宇昕盯上，再出一次车祸，那种突如其来的灾难，我发觉已经超出了我的心理承受能力。只要一坐上张宜的POLO我就害怕，真不知张宜怎么会那样平静，也许是相恋七年男友的离去已经让她无爱无恨了吧，又或者是佛经看多了，心如止水了。

陈倩是个很独的人，非常在乎自己，喜欢表现自己，本来嘛，两个车慢慢开，晃到华阳，喝会儿茶，斗会儿地主，正好吃晚饭，啃会儿兔脑壳和鹅下巴就好回家，也不晓得她在慌什么，方向盘左一盘右一盘得生猛异常，不就是一0.8升的小QQ吗？

周科倒不理会陈倩如何飚啊，她现在已经完全沉浸在她的幸福之中了，拉着我，不断地跟我摆龙门阵，说悄悄话。

"我跟我们家老章最近如胶似漆。"穿着可爱韩装的周科努力使自己说话文雅一些。

"哟，你还会说如胶似漆，晓不晓得啥子意思嘛？"我洗她。

"是嚷，你以为就你有文化哇，如胶水似油漆，形容搅得很紧嘛。"周科继续得意地说。

"我们家老章没事就跟我做，看个电影都在王府井把我背到电梯间，一直到下楼。哦，他还买了辆宝莱，一有空就带着我到三环路转圈圈，哦，我们也在首长路尝试过在车上做爱，好刺激哦。"

"我太阳，又是他妈的首长路。"我在心里骂到，现在一提起首长我就想起了陈玲和李凌琛对我的背叛，虽然陈玲是个痴情仗义的女人，但毕竟是自己的男人，随便换成谁肯定也会非常之不爽嘛。

"那天我们一起看着春天的太阳往下掉，然后他就轻轻地拉着我的手，温柔地吻我，一边帮我脱衣服，一边放下坐椅，没想到平时笨手笨脚地他动作居然那么麻利。等我脱得精光，心头慌得不了的时候，他才一边继续亲我，摸我，一边慢慢地脱衣服，然后再开始要我。那个时候，用你文化人来说叫……叫什么来着，哦，想起来了，就叫如汪洋般泛滥吧。妈哟，我发觉还是偶尔在野外整一盘巴适，进入高潮太快了，真他妈的刺激，老子看着老章一边在我上面努力奋斗，一边小心地瞄着窗子外面有没人过，就觉得，就觉得，咋个说呢。"

"春光无限好，做爱要趁早。真他妈的笨。"我补充道。

"就是，就是，等老章要完后我一边等他慢慢亲我，一边就想起了老子高中时在身后太平寺机场烂飞机上偷偷摸摸的第一次。那个时候还真的有点瓜哈，居然胆子大得到了军事区里做起了爱，可惜当时太害怕了，搞一会儿就完了，除了痛外没有一点感觉。也不晓得我那个初恋情人干啥子去了，已经几年没联系了。"周科越说越起劲。

"我们几个中最最幸福的小美女，我们已经晓得了你与你们家老章如胶水似油漆的甜蜜生活了。人家林蓉的李凌琛可是一夜七场的猛男哈，而且'钱'途无量哦，现在开的是 Mazda 6，将来也会是百瑞的顶梁柱之一哈。"这个陈倩，不愧是跑政法的记者，我们摆得那样小声，她还是给听了个一清二楚，并看准时机，及时打断了周科的悬龙门阵。

很快，我们就到了华阳，这个离成都很近的小镇，府河边上已经坐了很多晒太阳的人。成都的天气老是阴沉沉，我们都叫这个城市是尘都，意思就是像蒙着擦不干净的灰尘一样。于是，在春秋冬三季，一到有太阳的日子，河边上或是文殊院、大慈寺，所有能晒着太阳的露天茶馆都坐满了晒太阳的人，打麻将、斗地主、看报纸、喝茶聊天，打发着充满了阳光的滋润日子。

今天我们四个心情都非常好，周科因为他们家老章空前暴涨的关爱，我们三个则因为刘宇昕在不久的将来就会倒台，变成瓦灰。所以我们斗地主斗得非常开心，我甚至忘了给李凌琛打电话说不回家吃晚饭。

"林蓉，你在哪儿了哦，我今天不值班，家里面都等你回家吃饭。"还不到晚上六点，李凌琛就急急地打来了电话。

"哦，我和周科，陈倩，张宜一起在华阳耍，我们等会儿去啃完兔脑壳和鹅下巴就回家哈。"我赶紧停下子牌桌子上嚣张的叫声，拿起电话异常温柔可爱地给我亲爱的老公答复。

"好嘛，路上让陈倩开车仔细点哈，有事及时打电话。"李凌琛现在已经开始为我的安全担心了，虽然没有领结婚证，虽然没有举行仪式，虽然曾经有陈玲的出现，但近两年的同居生活，已经让我成为李凌琛生活中不可或缺的一部分。我有信心管死李凌琛，如果刘宇昕整垮了就可以完全把李凌琛掌握了。

"林蓉，你把我急死了，你晓不晓得小胖已经和陈倩分手了。"陈倩刚把我送回紫云花园，李凌琛就搂着我说。

"那么快，陈倩只是说有那个打算，还没到分的那一步吧，我正说回家后让你提醒小胖当心点。"我一边换着鞋子和衣服一边说。

"小胖那个'容祖儿'太吓人了，揣着把小藏刀坐在小胖家门口堵小胖。说她刚开始确实只想和小胖搅一盘就完了，但现在她发觉已经爱上小胖了。她在 MIX 摇了一个星期，又跑到丽江住了一个星期，还是心头慌。说小胖不跟她搅下去，她就立马自杀。小胖这两天简直倒霉透顶，如起灰的冬瓜。你想嘛，一个婆娘拿把刀在门口堵倒起，陈倩那个火炮儿脾气，受得了这个火铲。不分才怪事。"李凌琛看起来真得是收了耍心，不会再出去恍了。

搅家（情人）是见不得光的，想来"容祖儿"最开始是明白这个游戏规则，要不然，她如何会在小胖被砍时在省医院隐忍自己的痛楚。但感情一深，一旦陷进去了，就无法控制住自己了。"容祖儿"就是那样子的，她在开始是明白自己与小胖不会有什么结果。但真正与小胖分了手，才发觉，她爱小胖是那样深，于是，做出了疯狂的举动，要与小胖缠绵到老，常乐未央。

"说实话，那个'容祖儿'对小胖还真是不错，床上功夫与陈倩也有一拼，工作嘛，听说是成都市数一数二的广告人才。唉，还是飞机哥对，守倒老婆娃娃，老老实实地过平淡日子，星期天的时候，一家抱着娃儿去华阳晒会儿太阳，这个日子滋润得啊，简直是不得了。"

"那陈倩后来怎么做的嘛？"我明知故问。

"听与陈倩关系比较好的蓉城晚报的一个记者说，陈倩他们报社有一个非常有才华的啥子主任，名字我记不得了，反正媒体都叫他化化。那个男的有很多女记者都追他，听说陈倩以前就明里暗里调戏过他两盘，只不过陈倩身边可搞的男人太多了，所以陈倩并没有起心。遇到小胖了，陈倩才觉得自己年纪也不小了，也结得婚了，于是才收心。现在小胖出事了，她又想早点把自己嫁出去，肯定要抓紧时间勾兑化化主任噻。

你这个宝气，天天跟陈倩裹，居然只晓得点皮毛。"李凌琛说"宝气"的时候其实是一种非常爱怜的称呼，语气中全是爱意，他一定为有着我这样"单纯"的老婆感到自豪吧。

"人家管那么多干吗，做警察的老婆还是单纯些好，对不对嘛，老公，你们要办那么多案子，面对的人已经够复杂了，我还天天在外头漂，像啥子话。哦，那个'容祖儿'最后又如何整的嘛。"我的语气半是发嗲，半是天真，让李凌琛一阵感动。我才不像陈玲那样傻，把聪明用到赚钱上，结果最后啥都捞不到。赚钱是男人的事情，我要想办法拴住我的男人，把我的男人哄好，哄得心甘情愿爱我才是正事。

"哦，小胖以前还不是个花花公子，他肯定有办法噻，现在住在了派出所，整死不浮面，一面温柔地对'容祖儿'说现在两人都情绪激动，不适合见面，一见面就吵架，一点也不温馨。一边说老子好不容易当上优秀的人民警察，你如果够狠就到派出所来嘛，大不了把工作耍脱。你想嘛，'容祖儿'爱小胖爱得那么深，她怎么舍得小胖把工作耍脱嘛。这样软硬兼施，先拖个半个月，等'容祖儿'感情淡起再说。那个时候就容易分手了。陈倩走了，小胖即使再找也不会再跟'容祖儿'搅噻。"李凌琛说起小胖的招数居然有些得意。

"小胖是个老实人，是不是你教他的，你这个超级花花公子，把华福派出所刑警中队的帅哥都教坏了哈，就差飞机哥了。"我佯作愤怒状。

"嘿嘿，乖乖，我都改好了哈，以前我是这样对付过那些女人。那些都是瓜婆娘，男人的心不是下狠招拴得过来的，你是惟一一个我带回家的女人哈，放心，等百瑞与宇昕的纠葛完全处理完了，爸就不会估倒何小乔跟我耍朋友了的。搞得快的话，我们五月就先把婚订了，等你研究生毕业，我就风风光光娶你做李家少奶奶。"李凌琛一边吻着我一边说。

那个"容祖儿"是太笨了，拴男人靠的是无敌"化骨绵掌"，越温柔越容易打动男人，特别是警察，什么场面没见过，你硬他就更硬。这一点，哼，她们还得像我学习。

"老公，你给我买新衣服嘛，人家周科现在穿得是五千多一身的韩装，把我们几个的眼睛洗得雪亮雪亮的。"钱包已经快干了，我要向我的男人榨点钱，把他的钱榨干，免得他拿给其他女人花。成都那么多美女，哪个敢保证他以后不会遇见啥子王玲，赵玲哦。

"章蓉波？他现在大把花钱给周科用？"李凌琛的眼神有一丝丝不安，我搞不懂是为了什么。

"嗯。"我重重地点了点头。

"乖乖，你要多陪一下周科，男人大把花钱要么有喜事要么有坏事。"李凌琛话中有话。

我没有想到，一场空前的灾难正在章蓉波和周科如胶似漆的甜蜜爱情后像暗涌般隐藏……

24

如果要做生意的话
一定要向李旭然学习
这是一个关键时刻一狠再狠
狠到底的精明男人
商场如战场
来不得半点闪失
一心软就会前功尽弃

我的奋斗目标是做一个安稳的小女人，守着自己喜欢的男人平安而且富足的过日子。所以当李凌琛要我陪周科时，我立即就答应了。我知道，李凌琛和小胖两个当中必有一个与黑道或称涉黑团伙有那么一点联系，而且李凌琛肯定知道或是预见到章蓉波大把花钱的真正目的。但他现在没有说，我也就不便多问了，在自己准备与之过一辈子的男人面前，女人最好装傻。没多久，刘宇昕就会被捕，而且很快就有可能吃"花生米"，到那时，章蓉波，小胖，李凌琛，所有的幕后内容都会一一展现出来。

李凌琛吩咐完后，我立马给周科打了个电话，约好明天一起吃饭，逛街。周科这两天正是需要炫耀的时候，一听说我要她请客，高兴得不得了。

"要得要得，明天晚上我们去玉林吃谭哥开的水村鹅掌哈，吃完再逛会儿街，然后去空瓶子喝酒。"这个周科，表哥倒是挺多的。

"就是鹅脚板嘛，好不好吃哦。"我有些皱眉。

"你们这些书读多了的死女人，假得凶，一天到黑只晓得咖啡馆见面，西餐厅约会，韩国料理聚会……，又贵又不好吃，绷面子还将就。我们谭哥在新华公园卖了八年的酸萝卜鱼头汤锅，独门绝技，长立不倒。现在的水村鹅掌卖得鹅掌干锅也是生意爆好，不预订的话，晚上六七点肯定要排队。"周科现在有钱了，底气也足了许多。

我们两个又絮絮叨叨地说了许多话，才在李凌琛嘟着嘴巴的暗示下才挂了电话。男人在心爱的女人面前，永远像个孩子，即使我在他的几厘米的范围内，他也要我全部的关注。

第二天一大早，与李凌琛吻别后，我们两个便分头上班上学了。

研究生的课程很少，上午上了两节课，我一个人在桐梓林小区瞎转。

我在想，要不要再去一趟锦官新城，与周科约得是六点在水村鹅掌见面，陈倩也要来，张宜上班来不了。那还有四五个小时的时间，我要不要再花点精力去打听一下刘宇昕最近有哪些动作呢。

看着街上来来往往的宝马、大奔，我又想起了自己想要的那种生活，既然都到了最后关头，我为什么不再努点力，说不定最后揪出刘宇昕尾巴的就是我呢。

于是，我拍拍胸口，为自己打点气，向不远处的锦官新城，刘宇昕的家走去。

刘宇昕在家，但第二次登门却没有第一次那么顺利，金牌保姆不停地劝我不要见刘宇昕，说刘宇昕现在有一帮子客人在谈话，听口气，那个金牌保姆好像很着急，很无奈，看样子，刘宇昕现在接待的那帮客人确实来者不善。

"那我等一下嘛，如果刘董确实不方便的话，我就改天再来。"我尽来使自己的语气谦和起来，耐心地在刘宇昕家前面不远处的阳光椅上坐了下来，春天的阳光很好，如果见不到刘宇昕，我就坐在那里晒晒太阳，看看书吧。

过了二十多分钟，三个穿着黑西装的男子从刘宇昕家走了出来，身后是点头哈腰的刘宇昕。虽然身材依然粗壮，但刘宇昕的背却有些驼了，显得很衰，金鱼眼睛有些肿，快要变成了比目鱼眼睛了。那三个男子我在宇昕和百瑞打官司在高新区人民法院见过，是百瑞集团律师团的律师。

"我已经把能流动的钱都拿出来，三位律师，看回去能不能与李董事商量一下，再宽限一段时间吧，法院给了期限的嘛，都是生意人，生活真的不容易啊。"刘宇昕的语气中明显带着央求。看样子，我在这个时候找他是起不到啥子作用的。

"对不起，刘董，我们已经向法院申请了，你现在是巨额债务人，暂时不能离开成都，你即使不在集团办公室，我们也会找到你。今天到你家里来就是希望你能尽快将法院宣判应付给百瑞集团的款项尽快到账。我们也不想让你为难，但李董事的为人你又不是不晓得。"三个男子齐声以非常职业化的腔调说道。

又是李旭然，看来，如果要做生意的话，一定要向李旭然学习，这是一个关键时刻一狠再狠，狠到底的精明男人。他可能早就料到，只要把刘宇昕逼到山穷水尽的地步，刘宇昕就会彻底完蛋。

商场如战场，来不得半点闪失，一心软就会前功尽弃。

那三个律师可能认识我，我尽量往角落里靠，用书将脸遮住，不让他们看见我，等刘宇昕走后就离开这里吧，改天再来找刘宇昕的麻烦。

正当我看着刘宇昕将那三个律师送出小区大门时，一辆非常熟悉的白色富康车开了进来，024！那不是小胖的车吗？我想起在陈玲刚去世时，陈倩跟我第一次见面时说的，小胖和李凌琛，两人中必有一人与黑道有染。

但我还是不愿相信，我认为小胖的富康车可能借给别人了。但事实让我不得不开始怀疑，我看见，富康车熟练地拐进了刘宇昕的车库，小胖从车上下来，与刘宇昕一边轻轻咬耳朵，一边快速地上了楼。

我太阳，这个世界咋子了，章蓉波说他是黑道的小流氓，但父母的家地安在锦官新城，还开的蓝鸟。小胖，是华福派出所刑警，却在关键时刻，与刘宇昕亲密接触，这一切究竟是怎么回事？

算了，让周科早点出来，要不然我一个人先去棕北闲逛。看来，在成都，做一个拿千把元工资，打会儿小麻将，过点平淡日子的小市民才是最舒服的事情。要做有钱人家的少奶奶，太累了，付出与得到真的是成正比的。

前面不远的人南立交桥下，一个容貌异常漂亮的女子正面容呆滞地坐在路边自言自语，身上的衣服脏兮兮的。这个女人我知道，以前是一家航空公司的空姐，被一个港商包了后在锦绣花园住了几年，之后被甩了，于是便疯了。

我从边上商店买了一瓶牛奶递给她，拨打了110，附近的110知道这个女人在玉林的家，因为是这个女人是心病，治不好的，她的家人已经懒得管她，110已经送了这个女人几次了。

一个下午，我就在棕北和玉林瞎转，玉林南路，小家碧玉型的居家女子拎着颜色鲜嫩的蔬菜正挂着一脸的幸福往家赶，第一次，我对我的爱情选择产生了怀疑……

终于熬到了下午六点，周科所言确实不假，水村鹅掌大门前已经坐满了等位置的人，正耐心地嗑着瓜子，人多的，赶紧抓紧时间见缝插针地斗起了地主。

周科穿着她那套异常扎眼的韩装正与一个中年男子笑嘻嘻地摆龙门阵。

"林蓉，快过来，这就是我们家表哥谭林，典型的奋斗型男人。"周科就是这样，摆脱不了市井气，家里有一个稍微拿得出手的亲戚，总爱炫耀一番。

谭林很谦和，是周科老妈在遂宁老家的侄儿，八年前在建设路菜市摆摊卖鱼，后来在送鱼过程中学了做酸萝卜汤锅的绝活，在新华公园开始了人生的新转折，又在去年开了水村鹅掌，现在成立了水村餐饮管理公司，请了策划，过起了滋润富足的成都日子。在成都，只要舍得奋斗，都是会有好日子过的。

周科介绍的鹅脚板确实好吃，辣香香的，带点酸味，软软的，后来的陈倩全然不顾淑女风范，啃了个昏天黑地，风卷残云。

"陈倩，你娃头儿是不是受了打击了，化悲痛为食量哇。"我目瞪口呆地看着陈倩，没头没脑地问道。

"不晓得，我心头乱得很，小胖这两天一天一束玫瑰，请鲜花公司送到报社来，还时不时打电话，说'容祖儿'已经打发走了，他还是我觉得我好。我非常喜欢的化化主任好像对我又不感冒，倒是坐在我边上的仔仔时不时地安慰我一下，让我觉得，男人还是有点意思的。"陈倩说的口齿不清，因为她还在努力地啃鹅掌。

"啥子化化，仔仔的，搞不懂你们这些报社的人，同事之间都喊小名，那你在报社咋个称呼呢？"我问道。

"莫尼卡，我的英文名，'三叶草'的都晓得。我也不想取这个名字，是高中时英语老师取的，叫惯了，懒得改了。"陈倩头也不抬地回答。

"三叶草"是老外最爱去的酒吧，看来，陈倩泡吧的历史和熟络，确非虚传。这样子的女人，要在三十岁之前收心，还真有点难度。

"你的感情未免太混乱了嘛，与小胖说分就分，然后又突然冒出个深爱的化化，搞不懂，不听你的爱情故事了。快点吃，吃完我们去逛街。"

本想把我去锦官新城的事讲给陈倩听，但想到这件事已经到了最后关头，周科再掺进去，可能会添乱，我打住了那个想法。周科说章蓉波帮人收了几百万的呆账，所以才赚了一笔钱，这个章蓉波的身份很奇怪，我想现在向周科打听一些章蓉波的动作也是不好说的事情。算了，成都这么舒服的一个城市，我还是多拿点时间享受生活，在玉林看一下漂亮衣服，到空瓶子那边喝点百加得冰锐，顺便看一下帅哥，天天看李凌琛这个小眼睛男子，再帅也有审美疲劳的时候。

有陈倩和周科这两个疯子在，我们在空瓶子几乎都要耍疯了。但是陈倩的眼神一直有藏不住的忧郁，纵然是放纵的笑，也藏不住那种流露出来的骨子里的忧郁。我想起，小胖被砍时，她在病房里对"容祖儿"的挑衅；我记起，她与小胖订婚前夕时的争取与执着。说分就分，说变就变，陈倩可是真的死心？

"陈倩，你说老实话，你真的放得下小胖？"我还是忍不住好奇，向她问道。

"对，放下小胖，带走所有的留恋与记忆，不留，一丝不留，离开他。"陈倩吸了口烟，说道。

"你这个样子对爱情，我不信，我想听你的初恋故事。"我学她的样子缠她。

"你就是想说我为啥子喜欢搞男人嘛。想听就讲嘛，陈年旧事，无所谓啦。是，我喜欢搞男人，但我其实更要爱人。知道吗，是爱人，两情相悦的爱人，但有吗？遇到了吗？杜红霞惨不惨，陈玲可不可怜，小胖的搅家，那个'容祖儿'可不可怜。说穿了，去他妈的爱情，没有意思的东西。反正我自己有房子，看不起的男人让他各人给老子滚。"说到爱情，这个在女人眼中永远敏感的话题，陈倩这个泼辣的女人，竟然有泪花在眼中滚动。

"触到你的伤心事了，不说了，我知道了，你的初恋反正是受了很深的伤害的，然后对男人丧失了信心，然后开始搞男人。之后遇到了小胖，又想恋爱，之后出现了'容祖儿'，然后又丧失了信心，现在又开始搞男人对吧。喝酒，不说了。"我打了个总结。

陈倩吸了一口气，想把悲伤和几滴泪水放回肚里，烂掉。

"我不想听你们的什么讨论，我只想搞我们家老章，我只对老章这个男人感兴趣。"周科也举起了酒杯，这女人，想的念的只有她家章蓉波了。

我们在酒吧有一句没一句地聊着，一直不放心的李凌琛催我回家。正当陈倩把我送回家，我洗完澡上床的时候，张宜的电话打来了，

"乖乖，明天抽时间办点事情，喊你们老公打听一下，我们巨星今天出大事情了……"

张宜在电话里急急地汇报。虽然搞垮宇昕是我、陈倩和她三个的事情，但张宜有事情还是先跟我商量。

我匆匆地说了两句就挂了电话，既然是大事，我决定与张宜面

对面商量比较好，而且还是要叫上陈倩，她是政法记者，考虑事情
比较全面……

25

每一个人对爱情的理解都不同
对于爱的表现也不同
但本质却是一样
为了爱情
什么都有可能付出，包括生命
爱上张宜的小混混张建娃最终付出了生命

　　这一晚，我并没睡好，我不知道巨星发生了什么事情，又不敢
叫李凌琛去问今晚在派出所值班的飞机哥和都都，那样子我的一切
行动可真的是全盘曝光了。好像是飞机哥给李凌琛打了个电话，叫
李凌琛明天早点去派出所。巨星在华福派出所的辖区范围内，看样
子真的有什么事情发生了。

　　第二天一大早，我就与李凌琛一起出了门。虽然我拿着上课的
书，但我没去学校，我觉得张宜那么着急得跟我打电话，一定是巨
星发生了什么大事情，而且肯刘宇昕有关，既然与刘宇昕有关，就
与我的命运有关，我就应该放在第一位，学习嘛，以后再补也可
以。

　　到了巨星，才发现，警方已在会所大门口拉起了警戒线，报社
和电视台的记者已经把巨星小小的办公室围了个水泄不通。因为华
福派出所的都在那里，估计李凌琛也会赶到现场。为了安全起见，

我在门口晃了一圈后，赶紧闪到了体育馆边上吃烧烤。

这家烧烤开了快十年了，生意一直好得很。才九点钟，烧烤老板正在洗菜，烧烤炉上火也没升起。

"老板，可不可以破个例，我想拿烧烤当早饭。"这两天太多乱七八糟的事情发生，我的胃口一直不好。到现在，小胖和李凌琛，还有那个章蓉波，这些离我或近或远的人我都没有搞清楚过，事情又一件一件地不断发生，我倒是希望最后的结局是大家都没有事，刘宇昕一个人牺牲掉，但世事真的难料，还不知巨星究竟发生了什么事情。我想吃点刺激的东西刺激一下自己的胃和神经。

烧烤老板不同意，太早了，吃烧烤至少要下午四点才开始，这是他近十年的老规矩。

我走到体育馆大门口，拨通了张宜电话，表达了自己想吃烧烤的强烈愿望，我想她会有办法的。

"老板，巨星出事了你是晓得的噻，我们累了一晚上，破个例噻，升炉子，有啥子烤啥子嘛。"

三分钟后，张宜脸色刷白地走了过来，身边是六七个穿着巨星制服的服务生。会所的员工晚上常把烧烤当宵夜，与老板已经很熟了，还没走拢就对老板发招。

估计老板对昨夜巨星的事还是略知一二的，面对这帮饿鬼，他犹豫了几分了钟后，还是点燃了烧烤炉。

"乖乖，我对你太好了，本来早上该吃稀饭的，结果为了你，全体人民来吃烧烤了。"张宜估计是累坏了，说话的声音明显底气不足。

由于人多，我们并没有马上说巨星的事情，东拉西扯地闲聊。

"张宜，给我透了点内幕嘛，稿子做不好得嘛，主任和老板一起骂，我们主任给我留了一个版哦。"烧烤一串都还没好，陈倩就追了过来。不愧是记者，居然跟到了烧烤店。

"林蓉，你也过来了嘛，那你晓得些啥子嘛。"陈倩这个人啥都好，就是当记者久了，缠倒不放，让人烦躁。

"吃菜，吃菜，大街上说啥子嘛。"张宜拿过几串藕和土豆之类的烧烤串串，把我们拉到了一边。

"我算是遇到了，咋个跟你们搅在了一起哦。事情不算复杂，你们想听，我就慢慢讲哈。"这个时候，冷静的张宜倒像个老大姐。

原来，巨星的大事就是发生了一件枪案，就是青龙场那三个长期混在巨星卖K粉的老娃娃惹的祸事。在巨星卖K粉和摇头丸，夏三娃和兵兵娃都是非常小心的，非熟人不上货。但这段时间，张建娃好像对张宜着了迷，这个混在社会底层的江湖混混接触的范围和平时所见的，都是娱乐场所种种美女配有钱丑男的情形。所以他单纯地认为，张宜不怎么理他，是因为他没有钱，如果他有了很多很多钱，张宜一定会乖乖地做他的女朋友。

昨日凌晨，几个从未在巨星会所包间消费的客人向服务员提出了需要K粉的要求，服务员犹豫了一下，最后还是把客人的需求向那三个人作了交待。经过仔细商量，权衡，夏三娃和兵兵娃决定不送货，同时劝张建娃也不要去。因为没有熟人介绍的客人要么是便衣警察，要么是暗访记者，要么是不怀好意的同行，反正凶多吉少。毕竟，卖K粉和摇头丸都不是什么正当生意，安全永远排在赚钱前面。

张建娃在犹豫，服务员说客人要的量大，所以找到了他们三个人，服务员其实一直都比较清楚他们三个人每天在巨星带多少货。这三个小混混其实过得是提心吊胆的日子，随时都害怕被警察抓住，所以货带得不多，万一被抓了，也好装作无辜的HIGH家想办法躲过牢狱之灾。

"兵哥，三哥，你们把货给我，明天我补货给你们，富贵险中求，不虚。"在狠狠地吸完两支烟后，张建娃还是决定赌一把，他需要钱，需要通过钱来向张宜证明自己是个配得上她的男人。夏三娃和兵兵娃一劝再劝，还是没能劝住张建娃，只好由他去了。

"砰"……五分钟后，一声尖利的枪声穿过会所喧闹的 DJ 音乐，穿过夜空，穿到每个人的心里，让当晚在会所的人听得心惊肉跳。

接着是女子的不断尖叫和哭声，欲离开会所的混乱人群，夏三娃和兵兵娃其实都在离那个要 K 粉的客人包间不远的地方，犯罪同伙也有江湖道义，他们在为张建娃的冒险担心。

听到枪声，在愣了几分钟后，他们还是冲进了包间。两个穿着黑 T 恤，戴着墨镜和白手套的男子正打开包间门，夺路而跑，夏三娃和兵兵娃想追，但回头看看倒在地上，枕着血迹的张建娃，他们又把脚缩了回去，他们想进去看张建娃最后一眼，但又怕误作凶手或是惹出其他事端，于是就站在包间门口……

他们两个就那样尴尬地站着，虽然是江湖混混，虽然张建娃与他们两个亲如手足，但他们知道，如果进去，他们肯定会进入警方视线接受调查。在混乱的人群中经过混乱的思考，夏三娃做出了决定，他拿起小灵通，拨打了 110，以客人身份打的，虽然肯定已经有 N 个人拨打 110，但夏三娃认为他拨打的意义是绝对不一样的。

随后，夏三娃拉着兵兵娃开起他们的烂奥拓随着混乱的人群离开了现场。

当然，这一切，都是张宜听服务员说的。

张建娃死得很痛快，杀手是专业的，一枪解决问题，打在了头部，他甚至连哼都没来得及哼一声就去了。警方初步判定是仿六四式的手枪。

据当事服务员回忆，两个涉嫌黑衣男子是乘坐一辆没有牌照的捷达车离开现场的。之后，警方开始连夜调查和追击，对会所每一个有可能知道情况的员工和客人都进行了调查，这是张宜第一次在会所熬通宵和接受警方调查。

本以为警方调查就没事了，但没想到又来了如陈倩一样的一大帮记者，又让张宜这个打杂兼策划累了个半死。

说到张建娃的死，张宜眼中略过一丝忧伤。但这个神情一闪而过，张宜带着严肃和镇定的表情说，她坚持认为，枪手肯定是刘宇昕派来的，因为那两个男子非常准确地报出了他们三个所带 K 粉的总量，而这个小混混又是宇昕供货的。估计刘宇昕这两天是被警方盯凶了，想把知道内情的下家解决掉，或是杀一儆百，为自己留条后路。

如果真是那样的话，我的心不禁一紧，我想起了周科亲爱的章蓉波，那个有着忧郁不羁眼神的男子，那个身份莫测的男子。他不是曾经跟我讲过，K 粉和摇头丸也是他的生意吗。如果他也是刘宇昕的下家，那他岂不是有了生命危险，难道李凌琛也与黑道有染，早就预料到刘宇昕开始发招，于是便让我多陪陪周科？

如果真是刘宇昕干的，那么刘宇昕与李旭然相比真的差了一个档次，动不动就弄死个人在那里摆着，很容易就把自己暴露了。做男人还是得学李旭然，杀人也不动手，老子把你逼死还要装好人。

但我只能猜想，因为那两个男人还没有最后抓到，即使抓到了，在侦案件，警方也不会透露，李凌琛虽然有生意人的特质，但他在纪律面前却做得很到位，万万不会对我讲的。

上午十点，可能是害怕，夏三娃和兵兵娃在往青龙场开的路上撞了一辆大货车，顾不得修车又开始沿着三环狂飙。将车开到洞子口附近时，交警见他们的烂奥拓前面被撞了觉得可能有问题，示意其停车。但这两人误认为警方已经知道，于是冲过交警继续跑。交警通知了辖区内110，出动了巡大突击队的防暴警察，硬生生把两人从车上给逼了下来。据到现场采访的陈倩的同事讲，那两个人被警察从车带下时，已经吓得浑身发抖，屁滚尿流了，兵兵娃的裤子都被打湿了。随后这两个人被转回华福派出所接受调查。

张宜说，按她在巨星打工的经验推测，刘宇昕已经自己露出了狐狸尾巴，我为了早日把李家少奶奶的位置坐正；陈倩为了她的稿子和死去的好友陈玲，必须加紧查一下，刘宇昕最近的动向，或是从其他角度打击他，让他作出更疯狂的举动来，早一点被抓，我们也好好好享受生活。

但刘宇昕再冲动，毕竟还是搞了那么多年，大小还是宇昕集团的董事长，事情真的会有张宜说的那么容易吗……

常乐未央，是理想中的爱情
如果要不了常乐未央
那么男欢女爱
惟有只争朝夕
男欢抑或女爱，是不能浪费的啊

巨星会所的枪击案经电视台抢先报道后，几大报纸也在显著位置登了出来。因为宇昕集团惹了些官司，再加上无孔不入的记者们或多或少地从自己的渠道打听了一些消息，所以所有关于这件事的报道在文尾都或明或暗地指出，这起枪击案可能与宇昕集团有关系。

我虽然在宇昕集团呆过，但时间并不长，认识的人除了钟富贵，似乎没有更熟了的。但现在钟富贵已经在百瑞老老实实地当起了司机，现在，他出卖远房亲戚的事情已经被老家的人知道。对于他卖主求荣的行为，所有的人都在骂他，他除了不敢回宇昕，估计这一两年内，连家都回不了了。因为他们家很多人都是靠着刘宇昕混一口饭吃的，如果刘宇昕倒了，那谁都没有好果子。

我想我现在应该行关心一下周科才对，她那个章蓉波还不知道是不是黑道的混混呢？

周科这两天很滋润，巨星的事情似乎与她关系并不大。

她是个普通的市井女子，没事时喜欢与父母一起在宿舍区里打小麻将，谁赢钱谁就请客吃火锅。这些枪案啊，黑道啊，对她们来说，只是看个热闹而已。自己过自己的日子，该干吗干吗去。虽然她的章蓉波目前的身份是个黑道混混，但她总认为是暂时的而已，她已经把超市收银员的工作辞了，正在忙着找铺面，准备做点小生意，拉上她的章蓉波。所以，她对我们的这些东西都不怎么感兴趣。

当我找到正在麻将桌子上酣战的周科时，周科只愿与我聊她的铺面规划。我把她从麻将桌上拖下来，对她原原本本地讲了我的担心，她一下笑了起来，笑得没头没脑，笑得我莫名其妙。

"有什么好担心的嘛，你纯粹是自己担心自己。章蓉波只是偶尔去串一下K粉来卖，而且是几个酒吧乱串，没有固定的场子。我不相信他会挨，如果真挨了，那我就抓紧时间与他如胶似漆地缠在一起，人就活那么几十年，不抓紧时间与自己喜欢的男人在一起，那简直是愧对人生！"周科邪气而坏坏地笑着说。

"老章，我亲爱的老公，今天晚上就不要去忙了，早点来接我，我在我妈家，林蓉也在这儿，我们一起去川江号子吃火锅，吃完我们两口子出去浪漫。"周科刚给我讲完，又给章蓉波打起了电话。

章蓉波很听周科的话，接完电话没多久就过来了。

这是很温馨的晚餐，川江号子的"绝代双椒"火锅味道很地道，看着这一大家子人与锅里翻腾的红汤一样热烙，我不禁再次对自己李家少奶奶的选择开始后悔。

做个平凡的成都市民多好，过平淡的日子，周末去吃火锅，逢年过节出去旅游一下，这种生活虽然没有做李家少奶奶那样富足和风光，但很安稳啊。

可能我的话还是让周科感到了什么，她一直把章蓉波抓得很紧。

章蓉波在老人家面前很乖，没与我多说其他的事情，只是为周科将来开小店做小生意的事情时不时地给点意见而已。弄得我还真成了局外人。

吃完饭，人家小两口要浪漫，我想我还是赶紧回家与我的阿琛浪漫去吧，守紧自己的爱人。如果不能常乐未央，那么就只争朝夕吧。

但我没想到，陈倩这个家伙的只争朝夕却是因小胖而起。

我一直以为，陈倩是一个很 OPEN 的女人，但再次目睹枪击案的陈倩似乎平静了许多。她写完稿子后直接冲到华福派出所找小胖，说要与小胖重归旧好。但小胖已经被她折腾晕了，不愿见她。

她失望地折回报社，化化主任是个传统男人，对于陈倩的 OPEN 行为，他只能以友好地态度与其保持距离。陈倩便拉着隔壁办公桌的仔仔去 1812 喝酒。

这是个可怜的女人，爱情成了她一直要一直丢的东西。我想起她在空瓶子反复念叨的，我要爱人，不想再搞男人了。其实想穿了，天下男人都一样，天下女人也都一样，佛经里说，红颜玉面，实质上都是皮肉裹着的白骨而已。所以，男人干女人抑或女人搞男人，实质上都是一样的，想穿了真的没有什么意思。所以，男人或者女人，遇到自己爱又碰巧爱自己的人，就要不放弃，抓紧最好。

陈倩开始是聪明的，知道抓紧小胖，知道坚持，但"容祖儿"的出现，又让她想到放弃，这一放使小胖开始动摇了，结果就开始乱搞，只争朝夕了。爱情，这个说不清楚的东西，伤人伤得不浅啊。

本来，陈倩的酒量是了得的，但可能是对感情和现实有些无望吧，在1812，陈倩很快就醉了。仔仔为了陪她，也醉了。两个喝醉的孤男寡女在附近开了房间……

"我不要常乐未央，千秋万世；我要男欢女爱，只争朝夕。"陈倩半夜酒醒后给我打来电话。

原来，这个女人是在爱情上受过伤，才变成了一个OPEN的女人。

"林蓉啊，为什么找一个爱人就那么难，我只是想要一个爱人啊。"陈倩在哪边哭喊，没有顾及边上的仔仔同志。

"你爱小胖就去追噻，幸福是自己争取的，反正你的事情小胖都清楚。"我只这那样子安慰她。

"没用，没用，我现在只想耍男人，随便乱耍，妈哟，变男人难，变女人也难，老子下辈变只猫，迷死人的波斯猫！"陈倩的话不知是醉话还是胡话。

电话里，我模糊地听到敲门声和吵闹声。

"警察查房！"是小胖的声音，怎么那么巧，我赶紧摇醒阿琛。

"警察又咋子嘛，老子们在做爱，又不是乱搞。"陈倩没挂我的电话，我听到她的开门声和质问声。

男欢女爱，只争朝夕，但陈倩在面对小胖的时候，表情真的很平静吗？

27

（大结局）

"哦，还要看身份证嗦，认不倒了嗦，严欧欧同志，那么快你就不认识我啦。男人，变得可真他妈的快，我认得到你身后的飞机哥哈。"陈倩继续在电话里嚷着。我突然有点烦她，想把电话挂了。

"仔仔，出事了，有巴适的稿子了，走，看热闹去……"电话里突然传来陈倩兴奋的尖叫声。

与此同时，李凌琛也接到了派出所的电话，说有紧急任务需要执行。虽然李凌琛平时看起来像个耍家，但做警察还是做得很认真，接到电话，换上衣服就出门了。

刚才还热闹地听着陈倩表演，现在一下空荡起来，电话那端是忙音，李凌琛也匆匆出门。面对这突如其来的寂寞和空荡，我突然有一种不祥的预感，就像去年的平安夜一样，我非常害怕身边的人突然间消失掉。

我往派出所值班室打电话，我想知道李凌琛究竟去执行什么紧急任务。

"对不起，派出所现在只有两上民警在值班，永丰立交桥附近有一件大案子。林蓉，请你安静一些，李凌琛没事，华福派出所整个刑警中队都去了。"

整个刑警中队都去了？大案子？我愈发的不安起来。

我悄悄地打开房门，往李凌琛父母的房间看了一眼，两个老人似乎睡得很沉，隔着房门都能听到均匀的鼾声。

我的好奇心和对李凌琛的担心使我决定不听李凌琛安排，我穿好衣服，蹑手蹑脚地走出了家门，拦了个出租车，匆匆往永丰立交桥方向驶去。

"算了，算了，小姐，你到哪儿，我只能走肖家河穿巷子了。"在二环路肖家河路口，司机就着急地说起来。

前方，十余辆警车，防暴车正团团围着一辆白色宝马和两辆黑色奔驰……

我不知如何是好，跟了李凌琛那么久，从未见过这样的场面。我下了出租车，匆匆付了车钱，站在街边的角落里，远远的看着对面。那辆宝马，还是辽宁的牌照，我知道是宇昕集团的，上次去宜宾就是那辆车。

"刘宇昕等，你们已经被包围了，请主动下车，配合警方调查。"我听见了若有若无的喊话声。

"砰！"四声刺耳的枪声传来，紧接着是刺耳的刹车声、脚步声、警笛的呼啸声，我像只惊慌不已地兔子缩在角落里，我好想李凌琛过来抱一下我。

过了约十分钟，嘈杂的声音逐渐简化为汽车发动的声音，和十余名高新巡大和武侯巡大突击队队员上车离开现场的脚步声。

因为天太黑，我又在数十米开外的距离，我没有看清宝马和奔驰车里是什么人，只是看见车里抬了两个人上了随后赶到的 120 急救车，因为还有几个人是被扶上急救车的。

我打算偷偷溜回紫云花园，为了避免与李凌琛撞见，我拐进了肖家河小区，在一个小区出口拦了个出租车，可刚上出租车，周科就哭着打电话过来了，说章蓉波出事了，现在在川医附一院急救，我让出租车调头，正准备给李凌琛打电话，陈倩又打来了电话，说刘宇昕可能洗白了，但搭上了章蓉波的命，现在两人都在附一院抢救……

我头脑一片混乱地来到附一院，在这之前，已经看见了陈玲的去世，我真的不愿在这里再看到身边的人走。章蓉波已经完全昏迷过去了，周科几乎与我同时到达，进了病房就趴在章蓉波身上不停地亲吻，不停地哭喊着："老公，我不要你挣大钱，我要与你如胶似漆，还要生一堆娃娃，我已经改成淑女了，老公，我的波波，你睁一下眼睛，看一下你的科科乖乖嘛，……"

一对穿着得体，气质非凡的老年夫妇正无力地坐在病房里，脸上没有泪，但那种可以拎出水来的悲伤让人颤抖不已。我见过他们，是在锦官新城，想必，他们就是章蓉波的父母。

陈倩正忙着给主任打电话，"算求你了，白哥，整个毛线，我不采访了，随便报社咋个处理，就那样子，挂了……"她的表情很复杂，看不出来她在想些什么，那个瘦弱书生模样，穿着棉质条纹T恤衫 GUUCI 夹克，下身是米色纯棉休闲裤和黄色骆驼休闲鞋的想必就是仔仔同志吧。看样子，他还真是除了做爱和陈倩没有其他事情的男人，他正像一个朋友一样问陈倩该向哪些人道别，离开现场，对于一旁的小胖和飞机哥，他也非常有礼貌地打着招呼，完全是局外人的表情。

陈倩看着小胖的表情，已经无所谓爱或者恨了，想起她原来所说的要与小胖常乐未央，纠缠一世，恍若隔世之言。

李凌琛和小胖一样，身上的防弹背心都还没脱，他拉着我，让我把周科劝过来，因为医生已经说了，章蓉波没救了。我知道，他不仅是对周科说，还有我，他要告诉我们所有关于章蓉波和他的谜底。

周科的手和章蓉波已没了体温的手握在一起，我费了半天劲才慢慢掰开，连拖带抱地把周科带到一旁。

"林蓉，周科，特别是周科，你们要镇定一些，听我慢慢讲。"李凌琛一边说着一边狠狠地吸了几口烟，我看见，他那好看的脸因为悲伤已经开始扭曲。

李凌琛告诉我们，章蓉波其实也是他们中队的刑警，真名叫罗蓉昆，父母在成都经营一家非常有名气的家装公司和几个服装品牌的代理。为了彻底调查成都最大摇头丸和 K 粉的销售商，他扮成黑道的小混混，一点一点地与刘宇昕的下家混为一体。今晚，他获知被李旭然逼急了的刘宇昕要亲自推销自己的手枪和大量纯度很高的海洛因后，作为内应与刘宇昕一起上了车。但没想到，最后，被刘宇昕这个狡猾的老江湖给识破了，在抓捕刘宇昕的过程中，穿着便衣、没穿防弹背心的章蓉波被刘宇昕给了一枪，虽然车外的同事进行了支援，同样给了刘宇昕一枪，但终究未能挽回章蓉波的生命。

其实，章蓉波早就预料到会有危险，所以他在事前那段时间拿出大把钱给周科花，他只是希望如果他出现意外，周科还有甜蜜的日子可回忆。

听到真相，我如梦初醒，奇怪的是周科没有哭，她的嘴唇已经咬出了血，我以为她有些平静了，正感稍微心安时，只见周科走到李凌琛身边，拍了拍李凌琛肩膀，突然，猛地抽出了李凌琛腰间的枪，李凌琛的枪是用一根绿色的尼龙绳拴了一头在腰间警用皮带上的，所以周科蹲了下去，我和李凌琛，还有病房的所有人都惊呆了，正要去夺周科手里的枪，病房里已经弥漫了硝烟味……

近距离接触，我才知道，枪声原来是如此之响，周围的病房能动的人全跑了过来。

周科慢慢地松开握枪的手，枪是对着头部开的，扔掉枪的周科拼了最后一点力气倒在了章蓉波，不，应该是罗蓉昆的病床上，血，一点点地流出来，一点点地浸在被单上……

尾 声：

宇昕集团终于随着刘宇昕的死去和涉案而垮了，小胖最终被查明与刘宇昕的集团有染，涉嫌为刘宇昕通风报信而被开除警籍，目前正在接受警方调查。宇昕剩下的其他正当产业，被李旭然一一收购，一时间，百瑞集团在成都风光无限，无人能及。

我最终做了李家少奶奶，与李凌琛风风光光地举行了婚礼，但我发觉，我并不快乐。婚礼结束后，李凌琛拿出一本产权证给我说："林蓉，我与你结婚，一是对你负责，二是因为你自己做了许多努力，你为搞垮刘宇昕而做的那些努力，我都知道，一清二楚。这产权证是买给陈玲的，是我们以前偷情的西大街的那个房间。你放心，我会做一个负责的丈夫。"

他没有说下面那句话，我知道，那句话，其实是我现在心里最爱的还是陈玲。事以至此，我还能作什么呢。

我没了理想，结交了圈子里的一帮闲女人，整天无所事事，我已经很有钱了，所以没事逛街、打麻将、花钱、打发时光，我看起来风光无限，但其实只有我自己再知道，我的心里是多么的落寞与无奈……

陈倩把第二部《成都，你有没有常乐未央》写出来了。

她在高升桥华达书城签名售书时第一句话，"所谓黑道，就是用非法手段谋取巨额财产，并把其转化为合法的财产，为自己带来经济上甚至是政治上的收益。而这种巨额财产，至少应该以亿计算，所以成都是没有黑道的，此书，仅为虚构。"

我坐在我的宝马车里，远远地看着她，我看见，她说虚构时，脸上闪过了一丝悲伤，但这种悲伤，很快就转换成了笑容，迎接着如潮的购书人……

雨山 工作室

即将推出作品

《UP 势力》

生于 80 年代人的又一精神领地。

由余秋雨、王朔等国内著名作家题词推荐。

韩寒、春树、80 后五虎将、李海洋、胡坚、刘童、纽约摇滚女孩骆小婷、中国桃、桃之 11 等集体制造中国最具势力的 mook。集万众期待于一身。

他爱《我和你》

他爱继《十美女作家批判书》后又掀文学高潮，个人首部长篇全力推出，习惯于批评他人的他，是否有自高之处？必将引起文坛争论。

桃之11《逃之夭夭》

你知道桃之11吗？她是中国网络的风云人物，是网络极具知名度的时尚人物、著名女作、文化圈红人，她的博客主页（BLOG）是全国范围内知名度最高，点击量最大的博客之一。

《做作》是她首部短篇图文版合集，精美的制作，定将让你一饱眼福。

《逃之夭夭》是她个人首部长篇小说处女作，受到文学界众多实力派作家的高度评价。

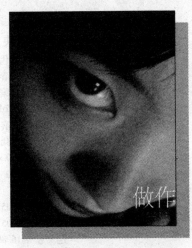

桃之11《做作》

图书在版编目（CIP）数据

常乐未央/惊鸿 著. —长春：时代文艺出版社，
2005. 11
ISBN 7 - 5387 - 2012 - X

Ⅰ. 常... Ⅱ. 惊... Ⅲ. 长篇小说—中国—当代
Ⅳ. I 247. 5

中国版本图书馆 CIP 数据核字 (2005) 第 124955 号

常 乐 未 央

出　　版	时代文艺出版社
地　　址	长春市人民大街 4646 号　邮编：130021
电　　话	总编办：5638648　发行科：5677782
E - mail	shidaiwenyi @ 126. com
印　　刷	长春永恒印业
发　　行	时代文艺出版社
开　　本	850 × 1168 毫米　1/32
字　　数	150 千字
印　　张	7
版　　次	2005 年 11 月第 1 版
印　　次	2005 年 11 月第 1 次印刷
定　　价	16. 80 元